»Die Schneekönigin«, »Der Tannenbaum« oder »Das kleine Mädchen mit den Schwefelhölzern« – in vielen Märchen und Geschichten des dänischen Märchendichters Hans Christian Andersen tauchen Weihnachts- und Wintermotive auf. Es sind Geschichten und Gedichte, die uns von der Sehnsucht wie von der Erlösung erzählen, von Geburt und Tod, vom Glauben und visionären Verklärungen ebenso wie vom Wechsel der Jahreszeiten und der neu erwachenden Natur im Frühling.

Der Band *Weihnachts- und Wintermärchen* versammelt Hans Christian Andersens Märchen, Geschichten und Gedichte über die Vorweihnachts- und Weihnachtszeit, den Jahreswechsel und die Welt im Winter: »Jeder auf dem Schiffe draußen fühlte sich auf seine Weise durch den Gesang und das Gebet erhoben, ebenso wie der alte Baum sich erhoben fühlte in seinem letzten, seinem schönsten Traum in der Weihnachtszeit.«

insel taschenbuch 2694

Hans Christian Andersen

Weihnachts- und Wintermärchen

Hans Christian Andersen
Weihnachts- und Wintermärchen

Ausgewählt von
Ulrich Sonnenberg

Insel Verlag

Umschlagabbildung: Charles Robinson

insel taschenbuch 2694
Erste Auflage 2000
Originalausgabe

Hinweise zu dieser Ausgabe am Schluss des Bandes
Vertrieb durch den Suhrkamp Taschenbuch Verlag
Umschlag nach Entwürfen von Willy Fleckhaus
Satz: Hümmer GmbH, Waldbüttelbrunn
Druck: Nomos Verlagsgesellschaft, Baden-Baden
Printed in Germany

1 2 3 4 5 6 – 05 04 03 02 01 00

Inhalt

Der letzte Traum der alten Eiche

Ein Weihnachtsmärchen

Im Walde, hoch oben an dem steilen Abhang am Meeresufer, stand eine ganz alte Eiche, sie war gerade dreihundertundfünfundsechzig Jahre alt, aber die lange Zeit ist für den Baum nicht mehr als ebenso viele Tage für die Menschen; wir wachen am Tage, schlafen des Nachts und haben dann unsre Träume; mit dem Baum ist es anders, der Baum durchwacht die drei Jahreszeiten, erst wenn der Winter naht, kommt sein Schlaf. Der Winter ist seine Ruhezeit, er ist seine Nacht nach dem langen Tag, der Frühling, Sommer und Herbst heißt.

An manch warmem Sommertag hatte die Eintagsfliege um seine Krone getanzt, gelebt, geschwebt und sich glücklich gefühlt, und wenn dann das kleine Geschöpf einen Augenblick in stiller Glückseligkeit auf den großen, frischen Eichenblättern ausruhte, so sagte der Baum immer: »Arme Kleine! Nur einen einzigen Tag währt dein ganzes Leben! Wie kurz das ist! Wie traurig?«

»Traurig?«, erwiderte dann stets die Eintagsfliege, »was meinst du damit? Alles ist so herrlich licht, so warm und schön, und ich selbst bin so glücklich!«

»Aber nur einen Tag, und dann ist alles vorbei!«

»Vorbei!«, sagte die Eintagsfliege, »was ist vorbei! Bist du auch vorbei?«

»Nein, ich lebe vielleicht tausende von deinen Tagen, und mein Tag sind ganze Jahreszeiten! Das ist etwas so Langes, dass du es gar nicht ausrechnen kannst!«

»Nein, denn ich verstehe dich nicht! Du hast tausende von meinen Tagen, aber ich habe tausende von Augenblicken, in denen ich froh und glücklich sein kann! Hört denn alle Herrlichkeit dieser Welt auf, wenn du einmal stirbst?«

»Nein«, sagte der Baum, »die währt gewiss viel länger, unendlich viel länger, als ich denken kann!«

»Aber dann haben wir ja gleich viel, nur dass wir verschieden rechnen!«

Und die Eintagsfliege tanzte und schwang sich in die Luft empor, freute sich ihrer feinen, künstlichen Flügel aus Flor und Samt, freute sich der warmen Luft, die so würzig war von dem Duft des Kleefeldes und der wilden Rosen am Zaun, des Flieders und Geißblatts, um gar nicht von dem Waldmeister, der Kuhblume und der wilden Krauseminze zu reden; es war ein so starker Duft, dass die Eintagsfliege meinte, sie sei ein wenig berauscht davon. Der Tag war lang und schön, voll Freude und süßen Gefühls, und wenn dann die Sonne sank, fühlte die kleine Fliege sich immer so angenehm ermüdet von all der Lustbarkeit. Die Flügel wollten sie nicht mehr tragen, und ganz leise glitt sie hinab auf den weichen, schwankenden Grashalm, nickte mit dem Kopf, so gut sie nicken konnte, und schlief so fröhlich ein; das war der Tod.

»Arme kleine Eintagsfliege!«, sagte die Eiche, »das war doch ein gar zu kurzes Leben!«

Und an jedem Sommertag wiederholte sich derselbe Tanz, dieselbe Rede, Antwort und dasselbe Entschlafen; es wiederholte sich durch ganze Geschlechter von Eintagsfliegen, und alle waren sie gleich glücklich, gleich fröhlich. Die Eiche stand wachend da an ihrem Frühlingsmorgen, Sommermittag und Herbstabend; jetzt nahte die Schlafenszeit, ihre Nacht, der Winter würde kommen.

Schon sangen die Stürme: »Gute Nacht, gute Nacht! Hier fiel ein Blatt, dort fiel ein Blatt! Wir rütteln, wir schütteln! Sieh zu, dass du einschläfst! Wir singen dich in Schlaf, wir wiegen dich in Schlaf, aber nicht wahr, das tut den alten Zweigen gut! Sie krachen vor lauter Wonne darüber. Schlaf süß! Schlaf süß! Es ist deine dreihundertundfünfundsechzigste Nacht, eigentlich bist du nur ein Einjähriger! Schlaf süß! Die Wolke streut Schnee herab, das gibt eine ganze Decke, ein warmes Deckbett für deine Füße! Schlaf süß und träume schön!«

Und die Eiche stand all ihres Laubes entkleidet da, um für den ganzen, langen Winter zur Ruhe zu gehen und manchen Traum zu träumen, beständig etwas Erlebtes wie in den Träumen der Menschen.

Sie war auch einmal klein gewesen, ja, eine Eichel war ihre Wiege gewesen. Nach Zeitrechnung der Menschen lebte sie nun im vierten Jahrhundert; sie war der schönste und herrlichste Baum des Waldes, mit ihrer Krone überragte sie weithin alle andern Bäume des Waldes und ward weither von der See aus gesehen, diente als Seezeichen; sie dachte gar nicht daran, wie viele Augen sie suchten. Hoch oben in ihrer grünen Krone nisteten die Waldtauben, und der Kuckuck rief dort, und im Herbst, wenn die Blätter aussahen wie gehämmerte Kupferplatten, kamen die Zugvögel und rasteten dort, ehe sie über die See dahinflogen; aber jetzt war Winter, der Baum stand entblättert da, man konnte so recht sehen, wie krumm und winkelig die Zweige sich ausstreckten; Krähen und Dohlen kamen und setzten sich abwechselnd in das Geäst und sprachen von den harten Zeiten, die begannen, und wie schwer es sei, im Winter Nahrung zu finden.

Es war gerade um die heilige Weihnachtszeit, da träumte der Baum seinen schönsten Traum; den wollen wir hören.

Der Baum hatte ein ganz deutliches Gefühl davon, dass es eine festliche Zeit war, es war ihm, als höre er die Glocken von allen Kirchen ringsumher läuten, und dabei war es wie an einem schönen Sommerabend, mild und warm; er breitete seine mächtige Krone so frisch und grün aus, die Sonnenstrahlen spielten zwischen Blättern und Zweigen, die Luft war erfüllt von dem Duft der Kräuter und Sträucher; bunte Schmetterlinge spielten Haschen, und die Eintagsfliegen tanzten, als sei das ganze Leben nichts als Tanz und Freude. Alles, was der Baum seit Jahren erlebt und um sich her gesehen hatte, zog wie in einem festlichen Aufzug vorüber. Er sah aus alten Zeiten Ritter und Damen hoch zu Ross, mit Federn auf den Hüten, den Falken auf der Hand, durch den Wald reiten; das Jagdhorn ertönte, und die Meute kläffte; er sah feindliche Soldaten, in blanken Waffen und bunten Kleidern mit Spießen und Hellebarden, ihre Zelte aufschlagen und wieder abbrechen; das Wachtfeuer flammte, und unter den ausgestreckten Zweigen des Baumes sang und tanzte man; er sah Liebende in stillem Glück hier im Mondschein sich begegnen und die Anfangsbuchstaben ihrer Namen in die graugrüne Rinde einschneiden. Einstmals, ja es waren viele Jahre seither vergangen, hatten fröhliche reisende Gesellen Zither und

Äolsharfe in den Zweigen der Eiche aufgehangen; jetzt hingen sie wieder da, klangen wieder so wunderlieblich. Die Waldtauben gurrten, als wollten sie erzählen, was der Baum dabei empfand, und der Kuckuck rief ihm zu, wie viele Sommertage er noch zu leben habe.

Da war es, als riesele ihm ein neuer Lebensstrom bis tief hinab in die kleinsten Wurzeln und hinauf in die höchsten Zweige, bis in die Blätter hinein; der Baum fühlte, wie er sich reckte und streckte, ja mit den Wurzeln spürte er, wie auch unten in der Erde Leben und Wärme war; er fühlte seine Kraft zunehmen, er wuchs höher und höher, der Stamm schoss empor, da war kein Stillstehen, er wuchs immer mehr und mehr, die Krone wurde voller, breitete sich aus, erhob sich – und je mehr der Baum wuchs, umso mehr steigerte sich auch sein Wohlsein, seine beseligende Sehnsucht, immer höher und höher zu gelangen, bis hinauf zu der leuchtenden, warmen Sonne.

Schon war er hoch über die Wolken empor gewachsen, die gleich dunklen Zugvögelscharen oder großen, weißen Schwanenschwärmen unter ihm dahinzogen.

Und jedes Blatt des Baumes konnte sehen, als habe es Augen zu sehen; die Sterne wurde am hellen Tage sichtbar, so groß waren sie und so blank; jeder einzelne funkelte wie ein Augenpaar, mild und klar; sie erinnerten den Baum an liebe Augen, die er einst gekannt, an die Augen von Kindern, von Liebenden, wenn sie sich unter dem Baum begegneten.

Es war ein glückseliger Augenblick, voll Wonne! Und doch, in all seinem Glück empfand er eine Sehnsucht und Lust, dass alle die andern Bäume des Waldes da unten, alle Büsche, Kräuter und Blumen sich auch mit ihm erheben, dass auch sie all diesen Glanz und diese Freude empfinden möchten. Der mächtige Eichbaum war mit dem Traum in all seiner Herrlichkeit nicht ganz glücklich, wenn nicht alle teil daran haben konnten, Groß wie Klein, und dies Gefühl durchbebte die Zweige und Blätter so innig, so stark, wie es nur eine Menschenbrust zu empfinden vermag.

Die Krone des Baumes wiegte sich hin und her, als suche, als entbehre er etwas, als schaue er zurück. Da spürte er den Duft von Waldmeister und bald noch einen stärkeren Duft von Geißblatt und Veilchen, er glaubte zu hören, wie ihm der Kuckuck antwortete.

Ja, durch die Wolken guckten die grünen Wipfel des Waldes hervor, er sah unter sich die andern Bäume wachsen und sich erheben; Büsche und Kräuter schossen hoch in die Luft empor; einzelne rissen sich mit der Wurzel los, um noch schneller zu fliegen. Die Birke war am schnellsten; gleich einem weißen Blitzstrahl schoss ihr schlanker Stamm in die Höhe, die Zweige wogten wie grüner Flor und Fahnen; die ganze Waldnatur, selbst das braun gefiederte Röhricht wuchs mit, und die Vögel flogen mit empor und sangen, und auf dem Grashalm, der wie ein langes, grünes, seidenes Band in der Luft flatterte und flog, saß die Heuschrecke und spielte mit dem Flügel auf dem Schienbein; die Maikäfer brummten, und die Bienen summten, jeder Vogel sang, wie ihm der Schnabel gewachsen war, alles war Gesang und Klang bis in den Himmel hinein.

»Aber die kleine rote Blume da unten am Wasser, die soll auch mit!«, sagte die Eiche; »und die rote Glockenblume! Und das kleine Gänseblümchen!« – Ja, die Eiche wollte sie alle zusammen mitnehmen.

»Wir kommen mit! Wir kommen mit!«, sang und klang es.

Aber die niedlichen Waldmeisterblüten vom vorhergehenden Sommer – und im Jahr vorher stand hier doch ein ganzer Flor von Maiglöckchen! – und der wilde Apfelbaum, wie schön blühte der doch! – und all die Waldespracht jahraus, jahrein! – lebte sie doch noch, hätte sie doch bis jetzt gelebt, dann hätte auch sie mit dabei sein können!

»Wir kommen mit! Wir kommen mit!«, sang und klang es noch höher, es war, als seien sie vorangeflogen.

»Nein, das ist zu schön, unglaublich schön!«, jubelte die alte Eiche. »Ich habe sie alle, klein und groß! Auch nicht eins ist vergessen! Wie ist doch nur all diese Glückseligkeit möglich und denkbar!«

»In Gottes Himmel ist sie möglich und denkbar«, klang es zurück.

Und der Baum, der unaufhaltsam wuchs, fühlte, wie seine Wurzeln sich von der Erde loslösten.

»Das ist aber das Allerbeste!«, sagte der Baum, »jetzt hält mich kein Band mehr! Ich kann zu dem Allerhöchsten hinauffliegen in Licht und Glanz! Und alle Lieben sind mit dabei! Klein wie Groß! Alle!«

»Alle!«

Das war der Traum der Eiche, und während sie so träumte, ging ein gewaltiger Sturm über Meer und Land dahin in der heiligen Christnacht; die See trieb schwere Wogen an den Strand, der Baum krachte und knackte, ward mit den Wurzeln ausgerissen, gerade als er davon träumte, dass seine Wurzeln sich loslösten. Er fiel. Seine dreihundertundfünfundsechzig Jahre waren jetzt wie ein Tag der Eintagsfliege.

Am Weihnachtsmorgen, als die Sonne aufging, hatte sich der Sturm gelegt; alle Kirchenglocken läuteten festlich, und aus jedem Schornstein, selbst aus dem kleinsten auf der ärmlichsten Hütte, hob sich der Rauch in blauen Wolken, wie der Rauch des Dankopfers, der beim Feste der Druiden von dem heidnischen Altar aufgestiegen war. Die See beruhigte sich allmählich, und auf einem großen Schiff da draußen, das das stürmische Wetter dieser Nacht glücklich überstanden hatte, wurden jetzt alle Flaggen gehisst, weihnachtlich und schön.

»Der Baum ist verschwunden! Die alte Eiche, unser Wahrzeichen am Ufer!«, sagten die Seeleute. »Sie ist in dieser Sturmnacht gefallen! Wer wird sie ersetzen können – das kann niemand!«

Eine solche Leichenrede, kurz, aber wohl gemeint, bekam der Baum, der auf der Schneedecke am Strande ausgestreckt lag; und über ihn hin klang der Gesang geistlicher Lieder vom Schiffe her, ein Lied von der Weihnachtsfreude und der Erlösung der Menschenseele in Christo und dem ewigen Leben:

»Sing laut zum Himmel, Christenheit,
Halleluja! Denn unsre Freud
Ist groß und ohnegleichen!
Halleluja, Halleluja!«

So tönte das alte Lied, und jedermann draußen an Bord des Schiffes fühlte sich durch den Gesang und das Gebet erhoben, ganz so wie der alte Baum sich in seinem letzten und schönsten Traum in der Christnacht über die Erde emporgehoben hatte.

Der Tannenbaum

Draußen im Walde stand so ein niedlicher, kleiner Tannenbaum; er hatte einen guten Platz, Sonne konnte er bekommen, Luft war genug da, und ringsumher wuchsen viele größere Kameraden, Tannen und auch Fichten; aber der kleine Tannenbaum war nur darauf erpicht zu wachsen; er dachte nicht an die warme Sonne und an die frische Luft, er machte sich nichts aus den Bauernkindern, die um ihn herumliefen und plauderten, wenn sie da draußen waren, um Erdbeeren oder Himbeeren zu sammeln; oft kamen sie mit einem ganzen Topf voll, oder sie hatten Erdbeeren auf einem Strohhalm gereiht, und dann setzten sie sich neben den kleinen Baum und sagten: »Nein, wie reizend klein der ist!« Das mochte der Baum gar nicht hören.

Im nächsten Jahr war er ein ganzes Ende größer, und im Jahr darauf war er noch viel größer, denn bei einem Tannenbaum kann man immer an den vielen Ansätzen, die er hat, sehen, wie viel Jahre er gewachsen ist.

»Ach, wäre ich doch solch großer Baum wie die andern!«, seufzte der kleine Baum, »dann könnte ich meine Zweige weit um mich ausbreiten und mit der Spitze in die weite Welt hinaussehen! Die Vögel würden Nester zwischen meinen Zweigen bauen, und wenn es wehte, könnte ich so vornehm nicken, geradeso wie die andern da!«

Er hatte gar keine Freude an dem Sonnenschein, an den Vögeln oder an den roten Wolken, die des Morgens und des Abends über ihn hinsegelten.

Wenn es Winter war und der Schnee ringsumher schimmernd weiß lag, dann kam oft ein Hase gesprungen und setzte gerade über den kleinen Baum hinweg – oh, das war so ärgerlich! – Aber zwei Winter vergingen, und im dritten war der Baum so groß, dass der Hase um ihn herumlaufen musste. »Ach, wachsen, wachsen, groß und alt werden, das ist doch das einzig Schöne in dieser Welt«, dachte der Baum.

Im Herbst kamen immer Holzhauer und fällten einige von den größten Bäumen, das geschah jedes Jahr, und der junge Tannenbaum, der jetzt schon ganz hübsch groß war, erschauerte, denn die großen, prächtigen Bäume fielen mit einem Krachen und Knacken zu Boden; ihre Zweige wurden abgehauen, sie sahen ganz nackt, lang und schmal aus; sie waren beinahe nicht wieder zu erkennen, aber dann wurden sie auf Wagen geladen, und Pferde zogen sie fort, aus dem Wald hinaus.

Wo sollten sie hin? Was stand ihnen bevor?

Im Frühling, als die Schwalbe und der Storch kamen, fragte der Baum sie. »Wisst ihr, wo sie hingebracht worden sind? Seid ihr ihnen begegnet?«

Die Schwalbe wusste nichts, aber der Storch sah nachdenklich aus, nickte mit dem Kopf und sagte: »Ja, ich glaube, ich weiß es! Ich begegnete vielen neuen Schiffen, als ich von Ägypten geflogen kam; auf den Schiffen waren prächtige Mastbäume; ich möchte sagen, dass sie es waren, sie rochen nach Tannen; ich kann vielmals grüßen, sie ragen so stolz, so stolz empor!«

»Ach, wäre ich doch auch groß genug, um über das Meer hinzufliegen! Wie ist es eigentlich, dies Meer, und wie sieht es aus?«

»Ja, das ist so umständlich zu erklären«, sagte der Storch, und dann ging er fort.

»Freue du dich deiner Jugend!«, sagten die Sonnenstrahlen; »freue dich auch deines frischen Wachstums, des jungen Lebens, das in dir ist!«

Und der Wind küsste den Baum und der Tau weinte Tränen über ihn, aber das verstand der Tannenbaum nicht.

Wenn die Weihnachtszeit herankam, wurden ganz junge Bäume gefällt, Bäume, die oft nicht einmal so groß oder so alt waren wie dieser Tannenbaum, der weder Rast noch Ruhe hatte, sondern immer von dannen wollte; diese jungen Bäume – und es waren gerade die allerschönsten – behielten immer ihre Zweige, sie wurden auf Wagen gelegt, und Pferde zogen sie von dannen, aus dem Walde hinaus.

»Wo sollen sie hin?«, fragte der Tannenbaum. »Sie sind nicht größer als ich, da war sogar einer, der noch viel kleiner war; warum haben sie alle ihre Zweige behalten? Wo fahren sie hin?«

»Das wissen wir! Das wissen wir!«, zwitscherten die Spatzen. »Wir haben unten in der Stadt in die Fenster hineingeguckt! Wir wissen, wo sie hinfahren! Oh, sie gelangen zur größten Pracht und Herrlichkeit, die man sich nur denken kann! Wir haben in die Fenster hineingeguckt und gesehen, wie sie mitten in die warme Stube gepflanzt und mit den schönsten Sachen geschmückt wurden, mit vergoldeten Äpfeln und Honigkuchen, mit Spielzeug und mit vielen hunderten von Lichtern!«

»Und dann –?«, fragte der Tannenbaum und zitterte an allen Zweigen. »Und dann? Was geschieht dann?«

»Ja, mehr haben wir nicht gesehen! Das war wunderbar!«

»Ob ich wohl erschaffen bin, um diesen strahlenden Weg zu gehen?«, jubelte der Baum. »Das ist noch besser, als über das Meer zu fahren! Wie mich die Sehnsucht quält! Wäre es doch erst Weihnachten! Jetzt bin ich groß und breit wie die andern, die im vorigen Jahr weggeführt wurden! – Ach, wäre ich doch erst auf dem Wagen! Wäre ich doch in der warmen Stube mit all der Pracht und Herrlichkeit! Und dann –? Ja, dann kommt noch etwas viel Besseres, viel Schöneres, warum sollten sie mich sonst wohl so schmücken! Da muss noch etwas viel Größeres, viel Herrlicheres kommen –! Aber was? Oh, ich leide, ich sehne mich! Ich weiß selbst nicht, wie mir zu Mute ist!«

»Freue dich über mich!«, sagte die Luft, sagte der Sonnenschein; »freue dich deiner frischen Jugend da draußen im Freien.»

Aber er freute sich gar nicht; er wuchs und wuchs, im Winter und im Sommer stand er grün da; dunkelgrün stand er da; Leute, die ihn sahen, sagten: »Das ist ein wunderhübscher Baum«; und zur Weihnachtszeit wurde er vor allen zuerst gefällt. Die Axt hieb tief durch das Mark, der Baum fiel mit einem Seufzer an die Erde, er empfand einen Schmerz, eine Ohnmacht, er konnte gar nicht an sein Glück denken, er war betrübt, von der Heimat scheiden zu müssen, von dem Fleck, wo er emporgesprossen war; er wusste ja, dass er niemals die lieben alten Kameraden, die kleinen Büsche und Blumen ringsumher, ja, vielleicht nicht einmal die Vögel wieder sehen würde. Die Abreise war gar nicht angenehm.

Der Baum kam erst wieder zu sich, als er im Hofe mit den andern Bäumen abgeladen worden war und einen Mann sagen hörte: »Der ist wunderhübsch! Wir brauchen nur den allein!«

Dann kamen zwei Diener in vollem Staat und trugen den Tannenbaum in einen großen, schönen Saal. Ringsumher an den Wänden hingen Ölgemälde, und neben dem großen Kachelofen standen chinesische Vasen mit Löwen auf den Deckeln; da gab es Schaukelstühle, seidene Sofas, große Tische, voll von Bilderbüchern und Spielzeug für hundertmal hundert Taler – wenigstens sagten die Kinder das. Und der Tannenbaum wurde in ein großes, mit Sand gefülltes Fass gestellt, aber niemand konnte sehen, dass es ein Fass war, denn es wurde grüner Stoff ringsherum gehängt, und es stand auf einem großen, bunten Teppich. Oh, wie der Baum bebte! Was wird wohl nun geschehen? Diener, wie auch junge Damen gingen umher und schmückten ihn. An die Zweige hängten sie kleine, aus buntem Papier ausgeschnittene Netze; jedes Netz war mit Zuckerwerk gefüllt; vergoldete Äpfel und Walnüsse hingen dazwischen, als seien sie festgewachsen, und über hundert rote, blaue und weiße kleine Kerzen wurden an den Zweigen befestigt. Puppen, die leibhaftig wie Menschen aussahen – der Baum hatte noch niemals solche gesehen –, schwebten in dem Grün, und ganz oben auf die Spitze wurde ein großer Stern aus Flittergold gesteckt, das war prachtvoll, ganz wunderbar prachtvoll.

»Heute Abend«, sagten sie alle zusammen, »heute Abend soll er strahlen!«

»Ach«, dachte der Baum, »wäre es doch erst Abend!

Wären doch die Lichter nur erst angezündet! Und was dann wohl geschieht? Ob wohl Bäume aus dem Walde kommen, um mich zu besehen? Ob die Spatzen an die Fensterscheiben fliegen? Ob ich hier festwachse und Winter und Sommer geschmückt dastehen soll?«

Ja, er wusste gut Bescheid; aber er hatte förmlich Rindenweh vor lauter Sehnsucht, und Rindenweh ist für einen Baum ebenso schlimm wie Kopfschmerzen für uns andere.

Nun wurden die Lichter angezündet. Welch ein Glanz, welch eine Pracht! Der Baum erbebte dabei an allen Zweigen, so dass eins der Lichter das Grün anzündete; es brannte ordentlich.

»Gott bewahre uns!«, schrien die jungen Damen und löschten es schnell aus.

Jetzt wagte der Baum nicht einmal zu beben! Oh, war das ein Graus! Er war so bange, etwas von seinem Schmuck zu verlieren, er war ganz verwirrt von all dem Glanz – – und nun gingen beide Flügeltüren auf, und eine Menge Kinder stürzten herein, als wollten sie den ganzen Baum umreißen; die älteren Leute kamen bedächtig hinterdrein; die Kleinen standen ganz stumm da – aber nur einen Augenblick, dann jubelten sie wieder, dass es nur so schallte; sie tanzten rund um den Baum herum, und ein Geschenk nach dem andern wurde abgepflückt.

»Was machen sie nur?«, dachte der Baum. »Was wird jetzt noch geschehen?« Und die Lichter brannten bis auf die Zweige herunter, und sobald eins niedergebrannt war, wurde es ausgelöscht, und dann bekamen die Kinder Erlaubnis, den Baum zu plündern. Oh, sie stürzten auf ihn ein, so dass er in allen Zweigen krachte; wäre er nicht mit der Spitze und mit dem goldenen Stern an die Decke festgebunden gewesen, so wäre er umgestürzt.

Die Kinder tanzten mit ihrem herrlichen Spielzeug herum, niemand sah den Baum an außer dem alten Kindermädchen, das umherging und zwischen die Zweige guckte, aber das tat sie nur, um zu sehen, ob da nicht noch eine Feige oder ein Apfel vergessen war.

»Eine Geschichte! Eine Geschichte!«, riefen die Kinder und zogen einen kleinen dicken Mann nach dem Baum hin, und der setzte sich gerade unter ihn, »denn dann sind wir im Grünen«, sagte er, »und dem Baum kann es ganz besonders gut tun, mit zuzuhören; aber ich erzähle nur eine Geschichte. Wollt ihr die von Ivede-Avede hören oder die von Klumpe-Dumpe, der die Treppe hinunterfiel und doch auf den Ehrenplatz kam und die Prinzessin kriegte?«

»Ivede-Avede!«, schrien einige, »Klumpe-Dumpe!«, schrien andere; da gab es ein Rufen und Schreien, nur der Tannenbaum schwieg ganz still und dachte: »Soll ich gar nicht mit dabei sein, soll ich gar nichts dabei zu tun haben!« Er war ja mit dabei gewesen, hatte getan, was er tun sollte.

Und der Mann erzählte von Klumpe-Dumpe, der die Treppe hinunterfiel und doch auf den Ehrenplatz kam und die Prinzessin kriegte. Und die Kinder klatschten in die Hände und riefen: »Erzähle! Erzähle!« Sie wollten auch »Ivede-Avede« hören, aber sie bekamen nur die Geschichte von »Klumpe-Dumpe« erzählt. Der Tannenbaum stand ganz still und nachdenklich da, nie hatten die Vögel draußen im Walde so etwas erzählt. »Klumpe-Dumpe fiel die Treppe hinab und kriegte doch die Prinzessin! Ja, ja, so geht es zu in der Welt!«, dachte der Tannenbaum und glaubte, dass es wirklich wahr sei, weil es ein so netter Mann war, der es erzählte. »Ja, ja, wer kann es wissen! Vielleicht falle ich auch die Treppe hinunter und kriege eine Prinzessin!« Und er freute sich darauf, am nächsten Tag wieder mit Lichtern und Spielzeug und Gold und Früchten aufgeputzt zu werden.

»Morgen will ich nicht zittern!«, dachte er. »Ich will mich so recht all meiner Herrlichkeit freuen. Morgen werde ich wieder die Geschichte von ›Klumpe-Dumpe‹ hören und vielleicht auch die von ›Ivede-Avede‹.« Und der Baum stand die ganze Nacht still und gedankenvoll da. Am Morgen kamen der Diener und das Mädchen herein.

»Nun beginnt die Pracht von neuem!«, dachte der Baum, aber sie schleppten ihn aus der Stube hinaus, die Treppe hinauf auf den Boden, und da, in einer dunklen Ecke, wo kein Tag hineinschien, stellten sie ihn hin. »Was soll das bedeuten?«, dachte der Baum. »Was soll ich hier wohl machen? Was werde ich hier wohl zu hören bekommen?« Und er lehnte sich an die Wand und dachte und dachte. – Und Zeit genug hatte er, denn es vergingen Tage und Nächte; niemand kam hinauf, und als endlich jemand kam, da geschah es nur, um ein paar große Kisten in die Ecke zu stellen; der Baum stand ganz versteckt, man sollte glauben, dass er ganz und gar vergessen war.

»Jetzt ist es Winter da draußen!«, dachte der Baum. »Die Erde ist hart und mit Schnee bedeckt, die Menschen könnten mich nicht einpflanzen; darum muss ich hier noch bis zum Frühling im Schutz stehen! Wie wohl bedacht das ist! Wie gut doch die Menschen sind!«

»Wäre es hier nur nicht so dunkel und so schrecklich einsam! – Nicht einmal ein kleiner Hase! – Das war doch so vergnüglich da draußen im Walde, wenn Schnee lag und der Hase vorübersprang; ja, selbst als er über mich hinwegsprang, aber das mochte ich damals gar nicht. Hier oben ist es doch schrecklich einsam!«

»Piep, piep!«, sagte im selben Augenblick eine kleine Maus und schlüpfte hervor, und dann kam noch eine kleine dazu.

Sie beschnupperten den Tannenbaum und huschten in seinen Zweigen herum.

»Es ist eine gräuliche Kälte!«, sagten die kleinen Mäuse. »Sonst ist es hier ja herrlich! Nicht wahr, du alter Tannenbaum?«

»Ich bin gar nicht alt!«, sagte der Tannenbaum, »es gibt viele, die viel älter sind als ich!«

»Wo kommst du her?«, fragten die Mäuse, »und was weißt du?« Die waren nun einmal so schrecklich neugierig. »Erzähle uns doch von dem schönsten Ort auf der Welt! Bist du dort gewesen? Bist du in der Speisekammer gewesen, wo Käse auf den Borden liegen und Schinken unter der Decke hängen, wo man auf Talglichten tanzt und mager hineingeht und fett herauskommt?«

»Den Ort kenne ich nicht«, sagte der Baum, »aber den Wald kenne ich, wo die Sonne scheint und wo die Vögel singen!«, und dann erzählte er alles aus seiner Jugend, und die kleinen Mäuse hatten noch nie so was gehört und sie hörten aufmerksam zu und sagten: »Nein, wie viel du gesehen hast! Wie glücklich du gewesen bist!«

»Ich!«, sagte der Tannenbaum und dachte über das nach, was er selbst erzählte; »ja, es waren im Grunde ganz vergnügliche Zeiten!« – Aber dann erzählte er von dem Weihnachtsabend, wo er mit Kuchen und Lichtern geschmückt war.

»Ach!«, sagten die kleinen Mäuse, »wie glücklich du gewesen bist, du alter Tannenbaum!«

»Ich bin gar nicht alt!«, sagte der Tannenbaum, »ich bin ja erst diesen Winter aus dem Walde gekommen! Ich bin in meinem allerbesten Alter, ich bin nur im Wachstum zurückgeblieben!«

»Wie schön du erzählen kannst!«, sagten die kleinen Mäuse, und in der nächsten Nacht kamen sie mit vier andern kleinen Mäusen, die den Baum erzählen hören sollten, und je mehr er erzählte, desto deutlicher erinnerte er sich all seiner Erlebnisse und meinte: »Es waren doch ganz vergnügliche Zeiten! Aber es kann noch kommen, es kann noch kommen! Klumpe-Dumpe fiel die Treppe hinunter und kriegte doch die Prinzessin, vielleicht kriege ich auch eine Prinzessin«, und dabei dachte der Tannenbaum an eine kleine niedliche Birke, die da draußen im Walde wuchs, das war für den Tannenbaum eine wirkliche, schöne Prinzessin.

»Wer ist Klumpe-Dumpe?«, fragten die kleinen Mäuse. Und dann erzählte der Tannenbaum das ganze Märchen, er konnte sich jedes einzelnen Wortes entsinnen; und die kleinen Mäuse waren nahe daran, vor lauter Freude bis an die Spitze des Baumes zu springen. In der nächsten Nacht kamen noch viel mehr Mäuse, und am Sonntag kamen sogar zwei Ratten; aber die meinten, die Geschichte wäre nicht amüsant; und das betrübte die kleinen Mäuse, denn jetzt gefiel sie ihnen auch lange nicht mehr so gut.

»Wissen Sie nur die eine Geschichte?«, fragten die Ratten.

»Nur die eine!«, antwortete der Baum. »Die hörte ich an meinem glücklichsten Abend, aber damals dachte ich nicht daran, wie glücklich ich war!«

»Das ist eine außerordentlich mäßige Geschichte! Wissen Sie keine von Speck oder Talglichten? Keine Speisekammergeschichte?«

»Nein!«, sagte der Baum.

»Ja, dann bedanken wir uns vielmals!«, sagten die Ratten und gingen wieder dahin, woher sie gekommen waren.

Die kleinen Mäuse blieben schließlich auch weg, und da seufzte der Baum: »Es war doch ganz nett, als sie um mich herumsaßen, die muntern kleinen Mäuse, und zuhörten, wenn ich erzählte! Nun ist auch das vorbei! – Aber ich werde daran denken, mich zu freuen, wenn ich nun wieder hervorgeholt werde!«

Aber wann geschah das? – Ja, in einer Morgenstunde kamen Leute und kramten auf dem Boden herum. Kisten wurden weggesetzt, der Baum wurde hervorgezogen; sie warfen ihn freilich ein wenig hart auf den Fußboden, aber gleich darauf schleppte ihn ein Diener nach der Treppe hin, wo der Tag hereinschien.

»Jetzt fängt das Leben wieder an«, dachte der Baum; er fühlte die frische Luft, den ersten Sonnenstrahl – und nun war er draußen auf dem Hof. Alles ging so geschwind, der Baum vergaß ganz, sich selbst zu betrachten, ringsumher war so vieles zu sehen. Der Hof stieß an einen Garten, und darin blühte alles; die Rosen hingen so frisch und duftend über das kleine Gitter herüber, die

Lindenbäume blühten, und die Schwalben flogen umher und sagten: »Quivi-wiewie-vit, mein Mann ist gekommen!« Aber den Tannenbaum meinten sie nicht.

»Jetzt will ich leben!«, jubelte er und breitete seine Zweige weit aus; ach, sie waren alle vertrocknet und gelb; und er lag in der Ecke zwischen Unkraut und Nesseln. Der Stern aus Goldpapier saß noch oben an der Spitze und glitzerte im hellen Sonnenschein.

Auf dem Hofe spielten ein paar von den lustigen Kindern, die zur Weihnachtszeit um den Baum herumgetanzt und sich so über ihn gefreut hatten. Eins von den kleinsten lief hin und riss den goldenen Stern ab.

»Seht, was da noch an dem ekligen alten Tannenbaum sitzt!«, sagte der Junge und trampelte auf den Zweigen herum, so dass sie unter seinen Stiefeln krachten.

Und der Baum sah hinüber zu all der Blumenpracht und Frische im Garten, er sah sich selbst an und wünschte, dass er in seinem dunklen Winkel oben auf dem Boden geblieben wäre; er dachte an seine frische Jugend im Walde, an den lustigen Weihnachtsabend und an die kleinen Mäuse, die so vergnügt die Geschichte von Klumpe-Dumpe angehört hatten.

»Vorbei, vorbei!«, sagte der arme Baum. »Hätte ich mich doch gefreut, als ich es noch konnte. Vorbei! Vorbei!«

Und der Knecht kam und hieb den Baum in kleine Stücke, ein ganzes Bündel lag da; herrlich flammte es auf unter dem großen Braukessel; und er seufzte so tief, jeder Seufzer war wie ein kleiner Schuss; deshalb liefen die Kinder, die da draußen spielten, herzu und setzten sich vor das Feuer, sahen in die Flammen und riefen: »Piff!

Paff!« Aber bei jedem Knall, der ein tiefer Seufzer war, dachte der Baum an einen Sommertag im Walde, an eine Winternacht da draußen, wenn die Sterne glitzerten; er dachte an den Weihnachtsabend und an Klumpe-Dumpe, das einzige Märchen, das er gehört hatte und erzählen konnte – und dann war der Baum verbrannt.

Die Knaben spielten auf dem Hofe, und der kleinste hatte den goldenen Stern an der Brust, den der Baum an seinem glücklichsten Abend getragen hatte; das war jetzt vorbei, und mit dem Baum war es vorbei und mit der Geschichte auch; vorbei, vorbei, und so geht es mit allen Geschichten!

Morten Lange

Eine Weihnachtsgeschichte

Um Mitternacht von zwölf bis eins die Toten all'
erwachen
Und steigen aus dem Grab' empor, um sich Motion
zu machen;
Besonders in der Weihnachtszeit, da kann man
nächtlich sehen,
Wie sie im Mondenscheine auf dem Kirchhof' sich
ergehen.
Dann tanzen sie mit klappernden Gebeinen
Gallopade,
Doch fehlt's den armen Geistern sehr an Punsch und
Limonade;
Ein Eisstück nur zuweilen wird zu ihnen hin
verschlagen,
Dann geht es an den Contretanz mit doppeltem
Behagen.
Der Kämpenhügel steht indes hoch auf vier roten
Pfählen,
Selbst wenn ein Franzmann solches säh', die Sprache
würd ihm fehlen;
D'rum lache niemand, weil mein Held sich fürchtet hier
im Sange,
Ein ganz bescheid'ner Jüngling ist's mit Namen
Morten Lange.
Zum heil'gen Christfest reis't er heut'; zu trotzen den
Gefahren

Im Geh'n, dazu fehlt ihm der Mut, d'rum will er lieber fahren.
Im Hofe steht so lang und weiß der Schneemann ohne Beine,
Im Auge schwarze Kohlen und im Munde rote Steine;
Und während kalt und weiß er starrt auf zu den Sternenbahnen,
Heult auf den Turm die Eule grell, grad' wie in Spieß' Romanen.
In Büchern liebte unser Held das Schaur'ge und das Krasse,
Und von Verlegern schätzt' er hoch in Quedlinburg den Basse;
Von Gnomen und Gespenstern las er gern, von Rinaldini,
Von Schobri, Schinderhannes und die Schriften des Albini.
Der Schlitten hält schon vor der Tür', es rasseln laut die Schellen;
Als ob's sein Grabgeläute wär', tät's in das Ohr ihm gellen.
Dahin er fuhr, dass Eis und Schnee ihm um die Wangen sprühet,
Recht wie ein englisch Brautpaar, das nach Schottlands Grenze fliehet.
Ein Regiment von Bäumen droht' dort an des Weges Rande,
In Schnee gehüllt, wie Pescherähs im eis'gen Feuerlande;
Ein Leichentuch erschien das Feld im hellen Mondenlichte,

Und kalt war ringsum die Natur, wie Matthison's
Gedichte.
Doch unserm Helden wird ganz warm, die Augen
schließt er stille,
Da kann er deutlich seh'n zum Berg hinein durch
Schnees Hülle.
Ha, welchen Jubel, welches Fest muss jetzt der Ärmste
schauen!
Fünf Zoll misst jede Mannsperson und drei-ein-halb
die Frauen.
Er sah es deutlich, wie darin die Menge promenieret
In Spinneweben-Ballkostüm und nichts vom Froste
spüret;
Nur alte Damen trugen noch, vor Kälte sich zu
schützen,
Aus Fledermäuseflügeln Shawls, besetzt mit echten
Spitzen.
Ein schönes Mädchen fährt dort vor in prächtiger
Karosse:
Ein hölzerner Pantoffel ist's, zwölf Mäuse sind die
Rosse.
»Die guten Geister loben Gott den Herrn!«, seufzt
Morten Lange,
»Ich bin im Grunde kein Poltron, allein jetzt wird mir
bange!
Ich weiß es übrigens ganz gut, es rührt nur her vom
Blute:
In meinen Adern rollt's zu stark, weg läuft es mit dem
Mute!« –
Und jetzt empfand er einen Stoß, der raubt' ihm
die Balance,

Mit Pferd und Schlitten flog dahin der Rest der
Contenance.
Und näher rückt das Geisterheer und packt ihn bei
dem Kragen;
Ohnmächtig sinkt er hin, er fühlt sein letztes Stündlein
schlagen.
– So lag er da, der junge Mann, ganz hilflos auf
dem Rücken,
Und als er zur Besinnung kam, was musst' er da
erblicken!
Es schwirrt und reget sich um ihn, er ist nicht mehr
alleine;
Ein Geist erfasset ihn beim Schopf, ein andrer packt
die Beine;
Sie schleppen ihn zum Berg hinein: rot strahlen hier
die Wände,
Sein Heldenherz erstarrt zu Eis, er fühlt, es geht zu Ende.
– Und als er wieder um sich blickt dort in dem andern
Leben,
Sieht er Gefahren, die auf's Neu' und schrecklich ihn
umgeben.
Die Hitze war ganz fürchterlich, Rauch wirbelt an
die Decke,
Mit nackten, haar'gen Armen steh'n die Teufel in der
Ecke;
Der eine hebt den Hammer hoch mit drohender
Gebärde,
Der andre schürt zu loher Glut das Feuer auf dem
Herde.
Jetzt weiß der Held klar, wo er ist; es schwinden alle
Zweifel,

Und als er flehend sinkt auf's Knie, da lachen hell die Teufel.
Doch eine Lichtgestalt erschien, ein Engel ohne Flügel,
Wie Nebel wallt das Lockenhaar um ihres Busens Hügel;
Sie reicht' ihm ihre weiße Hand und sagte: »Morten Lange!
Gottlob, das es nun besser geht! – doch, warum ist Euch bange?« –
»Ach, aus der Hölle mich befrei'!«, so stammelt er mit Beben;
»Dann sterb' ich gern und will mich Dir, o Engel, ganz ergeben!«
Da lächelt' das Engelsbild: »Macht Euch nur keine Sorgen!
Erkennt uns doch! Hier wohnt der Schmied; hier seid Ihr ja geborgen.
Euer Pferd ging mit dem Schlitten durch, Euer Leben hing am Fädchen,
Wir trugen Euch vom Feld herein, – und ich bin ja das *Käthchen.*«
Da sprang er auf, vor Wonne sah man seine Augen strahlen; –
Doch schweig' ich, denn ich bin zu schwach, die Szene auszumalen.
– Beim reichen Mahl vergaß er bald das grause Abenteuer,
Als Braut saß *Käthchen* neben ihm, – es war Verlobungsfeier!

Die Weihnachtslotterie

Diesen Abend wollen wir nicht die nähere Bekanntschaft der Familie machen, sondern uns nur mit ihrem schönen Weihnachtsfeste beschäftigen.

In einem großen Zimmer war die Gesellschaft versammelt, die Astrallampe brannte nur schwach, um den Effekt zu erhöhen, wenn sich die Saaltüre öffnete und sich nun die Kinderschar erwartungsvoll und glücklich hineindrängen würde.

Jetzt trat Wilhelm an das Klavier; einige Akkorde reichten hin, um Stille und Aufmerksamkeit herbeizuführen. Unter gedämpften Tönen traten aus der Seitentür drei weiß gekleidete Mädchen herein, auf deren Nacken ein langer Schleier hinabwallte. Sie hatten für denselben verschiedene Farben, Blau, Rot und Weiß, gewählt. Sie sollten Wahrsagerinnen aus dem Morgenlande vorstellen, und jede trug deshalb eine Urne im Arme. Sie brachten Glück oder Unglück, was jede in einem kleinen Verse ankündigte. Man musste eine Nummer ziehen, und nach dieser erhielt man später seine Gabe vom Weihnachtsbaume. Eins der Mädchen brachte Nieten; doch welches? Ja, nun galt es ein Glückskind zu sein. Alle, selbst die Kinder zogen ihre ungewisse Nummer, lediglich mit dem Hausarzte und einigen älteren Damen, welche zu der Familie gehörten, wurde eine Ausnahme gemacht. Ihnen wurde eine besondere Zahl in die Hand gesteckt, welche die ihnen im Voraus bestimmten Geschenke bezeichnete.

»Welche von Ihnen bringt mir Glück?«, fragte Otto,

als die drei hübschen Mädchen sich ihm näherten. Die weiß gekleidete war Wilhelms älteste Schwester, Fräulein Sophie, welche sich diesen Winter über hier zum Besuch aufhielt. Sie war ihrem Bruder sehr ähnlich. Der weiße Schleier um ihr Haupt ließ ihr Antlitz noch ausdrucksvoller erscheinen. Fest ruhte ihr Auge auf Otto, und vielleicht, weil er ihres Bruders Freund war, erhob sie den Zeigefinger. Wollte sie ihn etwa damit warnen oder auffordern? Otto glaubte Letzteres darin zu erkennen, griff in die Urne und zog die Nummer 33. Alle hatten nun ihre Nummer erhalten. Die Mädchen verschwanden, und die Flügeltüren des Saales öffneten sich.

Ein blendendes Licht strömte der Gesellschaft entgegen. Ein prächtiger Tannenbaum, dicht mit brennenden bunten Lichtern besetzt und mit Flittergold, vergoldeten Eiern und Äpfeln, Knackmandeln und Traubenrosinen behängt, blendete das Auge. Zu beiden Seiten des Baumes befanden sich Grotten von Tannenreisern und Moos errichtet und mit Laternen von rotem und blauem Papier behängt. In jeder Grotte war ein Altar angebracht; auf dem einen stand Johann von B...s schwebender Merkur, auf dem andern ein Gipsabguss von Thorwaldsens Hirtenknaben in halber Größe. Die Stufen waren dicht mit Geschenken besetzt, die mit den verschiedenen Nummern bezeichnet waren.

»Herrlich, reizend!«, ertönte es von allen Seiten, und die glücklichen Kinder jubelten vor Freude. Man nahm in einem Halbkreise Platz, eine Reihe hinter der andern. Nun trat einer der Vettern der Familie, ein junger Dichter, auf, der sich, wenn wir uns nicht irren, später an dem bekannten Werke »Neujahrsgabe dänischer Dichter«

anonym beteiligt hat. Diesen Abend erschien er in der Tracht eines Magiers und setzte in einem kleinen Gedichte launigen Inhalts auseinander, dass, da ja jeder selbst in die Schicksalsurne gegriffen habe, niemand sich beschweren könnte, ob ihm nun Ehre oder Spott zuteil würde. Das Schicksal, nicht das Verdienst, gäbe hier den Ausschlag. – Zwei kleine Knaben, die Schmetterlinge darstellten und deshalb große Flügel trugen, brachten die verschiedenen Geschenke herbei. Eine der Nummern, die einer der älteren Damen absichtlich eingehändigt war, wurde jetzt aufgerufen, und die beiden Knaben schleppten einen großen schweren, irdenen Henkelkrug herbei. Von demselben hing ein zwei Bogen langer Zettel mit der Aufschrift »Mittel gegen Frost« herab. Der Krug wurde geöffnet und eine niedliche Boa hervorgezogen, die der Dame überreicht wurde.

»Was haben Sie für eine Nummer, mein gnädiges Fräulein?«, fragte Otto Wilhelms Schwester, die jetzt, von ihrem langen Schleier befreit, hereintrat und an seiner Seite Platz nahm.

»Nummer 34!«, erwiderte sie. »Ich sollte, wenn alle andern gezogen hätten, die übrig bleibende Nummer behalten.«

»So hat uns denn das Schicksal zu Nachbarn gemacht!«, versetzte Otto. »Ich habe Nummer 33.«

»Dann wird Eines von uns sicherlich etwas sehr Schlechtes bekommen!«, sagte Sophie. »Soviel ich weiß, fällt nur auf jede zweite Nummer ein gutes Geschenk.«

In demselben Augenblicke wurde ihre Nummer gezogen. Das die Gabe erläuternde Gedicht erklärte, dass nur ein poetisches edeles Gemüt dieses Geschenk verdiente.

Es war ein französischer kolorierter Holzschnitt, dem eine einfache, aber rührende Idee zu Grunde lag. Man erblickte einen zugefrorenen See, bis an den Horizont nichts als eine kahle Eisfläche. An einer Stelle befand sich ein Loch im Eise, neben welchem ein Hut mit rotem Futter lag. Daneben saß ein Hund mit ernsten Blicken still und wartend. Rings um die in das Eis gebrochene Öffnung ließen deutliche Spuren erkennen, dass der Hund in die scharfe Eisrinde gekratzt hatte. »Il attend toujours« war die ganze Unterschrift.

»Das ist herrlich!«, rief Otto. »Ein rührender Gedanke! Sein Herr fand in dem See sein Grab, und der treue Hund wartet beständig. Ich wünschte, dass das Bild mir zugefallen wäre!«

»Ja, es ist hübsch!«, versetzte Sophie, und ihr wehmutsvoller Blick verlieh dem jungen Mädchen noch höhere Schönheit.

Etwas später kam auch die Reihe an Wilhelm.

»So öffne doch, und du wirst schaun
Die allerschönste Gabe traun!«

so lautete der Vers. Er öffnete das Paket und sieh', ein kleiner Spiegel lag darin. »Der war für eine der Damen bestimmt!«, rief er lachend, »und dann hätte der Vers freilich die Wahrheit geredet; einem Empfänger, wie ich bin, trägt er aber nur Spott ein!«

»Für mich wird wohl nichts als meine Nummer übrig bleiben!«, sagte Otto zu seiner Nachbarin, als sämtliche Geschenke verteilt zu sein schienen.

»Die letzte Gabe trägt die Nummer 33!«, fuhr der Vetter fort und brachte eine Papierrolle zum Vorschein, die sich bisher im Grünen versteckt hatte. Es war der alte Stammbaum eines ausgestorbenen Geschlechtes. Zuunterst lag der Ritter mit Schild und Harnisch, und aus seiner Brust wuchs der vielverzweigte Baum mit Schilden und Namen. Vermutlich war er mit anderem alten Plunder auf einer Auktion gekauft und nun zur Weihnachtszeit, wo man in allen Winkeln Nachsuchungen anstellte, um alles als Scherz oder Ernst zu benutzen, mit zur Ausstaffierung des Weihnachtsbaumes verwandt worden. Der Vetter las folgenden Vers:

»Bist du von Adel nicht, so lass dich mahnen,
Dass dieser Baum dann nicht gilt deinen Ahnen,
Dass er nur dir gilt, deinem Tun und Wollen,
Und neue Zweige dir entsprossen sollen.
Trittst du hervor, wo Geltung nur hat Adel,
Dann zeig den Stammbaum, Ritter ohne Tadel!
Empfang den Adel jetzt aus meiner Hand,
Sei treu und wahr auch stets im neuen Stand!«

»Gratuliere!«, sagte Wilhelm lächelnd. »Nun werden Sie zu der Rangsteuer herangezogen werden.«

Einige der nächsten Damen brachten ebenfalls lächelnd eine Art Glückwunsch dar; Sophie allein verhielt sich stumm und betrachtete das Geschenk einer der übrigen Damen, ein recht geschmackvolles Nadelkissen in der Form eines bunten Schmetterlings!

Die vorderste Reihe erhob sich jetzt, um sich die hübsche Ausstattung des Weihnachtsbaumes näher zu betrachten. Sophie zog eine der Damen mit sich fort.

»Wir wollen uns die schönen Statuen ansehen«, sagte sie, »den Hirtenknaben und den Merkur!«

»Das ist unschicklich!«, flüsterte die Dame, »aber sehen Sie nur, welche köstliche große Rosinen dort am Baume hängen!«

Sophie trat vor Thorwaldsens Hirtenknaben hin. Die Dame flüsterte einer Freundin zu: »Das nimmt sich doch eigentümlich aus, dass sie dergleichen Figuren betrachtet!«

»Ach«, versetzte diese, »sie ist ja, wie Sie wissen, Kunstliebhaberin. Denken Sie nur, auf der letzten Kunstausstellung ging sie mit ihrem Bruder in den großen Saal, in welchem die Gipsabgüsse untergebracht sind. Sie sah sich sowohl den Herkules als auch die übrigen unanständigen Figuren an und fällte das Urteil, dass sie ganz vortrefflich wären. Das soll nun natürlich sein! Sonst ist sie ein ganz niedliches Mädchen!«

»Schade, dass sie ein wenig schief ist!«

Sophie näherte sich; beide Damen machten ihr Platz und forderten sie herzlich auf, sich zu ihnen zu setzen. »Komm zu uns, du liebes Mädchen!«

Der Weihnachtsabend

»Ermanne dich, Seele, die krank und matt,
Vergiss die nagenden Schmerzen;
Ein Kind ward geboren in David's Stadt
Zum Trost für alle Herzen.«

Der Jüngling

Ein prächt'ger Weihnachtsbaum erblüht
In meiner Brust, die für *sie* glüht.
Den *ihr* allein ich weihe,

Mit Geistes Sternenlicht erhellt.
Im grünen Hoffnungs-Laubgezelt
Ertönt ein Lied der Treue;

D'ran hängt für's Liebchen ganz allein,
Was ich auf Erden nenne mein,
Dass sie sich des erfreue.

Was mir nun auch der heil'ge Christ
Beschert, – wenn sie nur bei mir ist,
Dann bin ich schon beglücket.

Sieh', die Geschwister lauschen hier
An der verschloss'nen Stubentür,
Wo sie den Christbaum schmücket.

Waldemar

Hast Du den großen Christbaum schon geseh'n?
Ich kann ihn drinnen aufgepflanzt erblicken.
Guck durch das Schlüsselloch und sieh, wie schön
Sie ihn mit Lichtern und Geschenken schmücken.
Was mir wohl heut' der heil'ge Christ beschert? –
Ach, wär es doch ein schönes Steckenpferd! –

Jonna

Wie macht's das Jesuskind doch sonderbar,
Dass es so stille kommen kann und gehen?
Es bringt die schönsten Sachen jedes Jahr,
Doch haben wir es selbst noch nie gesehen.
Ob's wohl vom neuen Bruder schon gehört,
Und ihm, dem kleinen Viggo, auch beschert?

Louise

Ei, glaubst Du, dass das Christkind ihn vergisst?
Es bringt auch ihm viel schöne Weihnachtsgaben;
Wie Mutter sagt, kam er vom Himmel; – Christ
Muss ihn dort oben ja gesehen haben.

DAS HAUS GEGENÜBER

(Ein alter Junggeselle sitzt am Fenster
und blickt zu ihnen hinüber.)

Die Lichter werden drüben angezündet. –
Wie sich die Kinderschar den Kopf zerbricht,
Was auf dem Baume wohl ein jeder findet!
Sieh, an der Türe lauscht der kleine Wicht;
Wie mag erwartungsvoll das Herz jetzt schlagen
In seiner und in seiner Eltern Brust! –
Mein Herz, o sag'! warum willst du verzagen?
Ich seh' ja durch die Scheiben ihre Lust. –
Die Blumen, die der Frost auf's Glas gemalet,
Sie schneiden mir in's Aug' – ich hauch' sie fort.
Wie lieblich doch der Weihnachtsbaum jetzt strahlet,
Wie selig ist der Kinder Freude dort!
Oh, wie ganz anders ist's in meiner Klause:
Ich trag' allein des Lebens Freud' und Schmerz!
Als Fremder steh' ich selbst im Freundeshause,
Teilnehmend schlägt an meiner Brust kein Herz. –
»*Er ist ein Hagestolz*«, so hör' ich sagen,
»Er kannte nie der Liebe Lust und Leid.« –
Im Traum erschien sie mir in fernen Tagen:
Was weiß die Welt von meinem Traum Bescheid?!
Zur schönsten Blume hob ich meine Blicke
Und war doch selber weder schön, noch reich;
Mir träumte auch einmal, dass ich sie pflücke, –
Was tut man nicht im Traume alles gleich!
Im Glüh'n der Rose wollt ich Hoffnung lesen,
Im Anschau'n schwelgt' ich – sieh, da kam zur Stell'

Ein andrer und gewann das holde Wesen,
Und ich – bin jetzt ein alter Junggesell.

ARME KINDER AUF DER STRASSE

(singen)

Als das Christkind ward zur Welt gebracht,
Das uns von der Hölle gerettet,
Da lag's in der Krippe bei finstrer Nacht
Auf Stroh und Heu gebettet;
Doch über der Hütte glänzte der Stern,
Und der Ochse küsste den Fuß des Herrn,
Halleluja, Kind Jesus!

Ermanne Dich, Seele, die krank und matt,
Vergiss die nagenden Schmerzen,
Ein Kind ward geboren in David's Stadt
Zum Trost für alle Herzen.
Oh, lasst uns wallen zum Kindlein hin,
Und Kinder werden in Geist und Sinn;
Halleluja, Kind Jesus!

Der Dichter

Beschenkt wird jeder jetzt; im Schlossessaale,
Wie unter'm Hüttendach' wohnt Lieb' und Lust.
Was darf denn ich, zum ersten, letzten Male,
Dir bringen, Königin in meiner Brust?
Zum welken Dorn der Freude Palm' verblüht,
Als sie sich stolz zum Himmel wollte heben!

Nimm meines Herzens Kind, mein einfach Lied,
In Lieb' entstand es, kann in Lieb' nur leben.
Drück's an Dein Herz; oh, übe Mutterpflicht!
Es stammelt: Mutter! doch den Namen nicht.
Ein Pelikan, so trug ich meine Brut
An meiner Brust mit heißem Liebesbeben.
Gesäugt hab ich mein Lied mit Herzensblut,
Mein harrt der Tod, wird es mich überleben?

DIE BESCHERUNG

Der Herr vom Hause

Greift nur zu! Dass jedermann
Das rechte Geschenk erkiese!
Überall schrieb ich daran
Den Namen und eine Devise.

Der Jüngling

Einen Händedruck nur gib
Mir als Geschenk, Louise!
In Deiner Augen Strahl, mein Lieb!
Les' ich dazu die Devise.

Der Student

Wissen erringen mit großer Müh',
Ei, das wär' 'ne Sottise! –
Esse non, videri, – sieh,
Das ist meine Devise!

Ein junger Herr

Jüngst verschenkt' ich gar mein Herz,
O Himmel, es war eine Betise! –
Kaltes Blut und hart wie Erz,
Sei künftig meine Devise.

Die Großmutter

Kind, beherz'ge in dieser Stund'
Von allen Lehren nur diese:
»Schmeichlermund trägt Gift im Grund«,
Aber nicht als Devise.

Ein Seeoffizier

Der dän'sche Seemann trotzet keck
Dem Feind, dem Meer, der Brise.
»Stets das Herz auf dem rechten Fleck«,
So lautet seine Devise.

Eine junge Witwe

Ich nahm 'nen Mann, der reich und alt,
Unlängst als gute Prise.
Gott sei gelobt! Er starb gar bald; –
Wie schön ist diese Devise!

Alle

Biet' kühn die Stirne dem Geschick,
Und fürchte nicht die Krise.
Im Frohsinn wohnet nur das Glück,
Das ist die beste Devise!

MITTERNACHT – EIN KIRCHHOF

Der Liebende

Mein junges Herz kennt Winterlust,
Doch weiß es nichts von Winterkälte;
Vor Weihnachtsfreud' bebt mir die Brust,
Und Lichter glüh'n am Himmelszelte.

Sie liebt mich! Auf den Kirchhof her
Versprach sie mir um zwölf zu kommen;
Nicht fürchtet *der* die Toten mehr,
Des Herz in heißer Lieb' entglommen.

Ich hör' sie, in der weißen Tracht
Leissingend aus dem Grab sich heben;
Sie kehren in der heut'gen Nacht,
Der Sage nach, zurück in's Leben.

DIE TOTEN

(auf den Gräbern tanzend)

Hell erglänzt das Sternenheer,
Doch dass hier wir schweben,
Ist ein Traum, denn nimmermehr
Können Tote leben!

Unsre Wohnung ist nur klein,
Unter Schnees Hülle.
Auf uns lastet schwer der Stein;
Kalt ist's d'rin und stille,

Wo wir ruh'n im engen Raum,
Von dem Frost geschüttelt.
Mitternacht mit hellem Traum
Hat uns wach gerüttelt.

Nebelleicht und linnenweiß,
In dem Totenhaine
Tanzen wir auf Schnee und Eis
Hier im Mondenscheine.

Hell erglänzt das Sternenheer,
Doch dass hier wir schweben,
Ist ein Traum, denn nimmermehr
Können Tote leben!

Der Liebende

Nein, es ist kein Traum! Ich seh'
Euch im Mondenschimmer.

Die Toten

Phantasie zeigt's Dir, die Fee;
Tote leben nimmer!

Der Liebende

Doch! Ich seh euch geisterhaft
Auf den Gräbern schweben.

Die Toten

Hu, das klingt ja grauenhaft;
Mich ergreift ein Beben!
Oh, die Wahrheit uns gesteh'!
Willst du uns nicht necken?
Bin ich ein Gespenst? – O weh,
Mich durchschauert Schrecken.

(Sie verschwinden.)

Der Liebende

Vor des Geistes hellem Blick
Schwindet Spuk und Schrecken;
Liebe scheucht in's Grab zurück
Geister, die uns necken.

Schon erblick' ich *sie* von fern,
Meines Lebens Sonne,
Und der Freude Weihnachtstern
Strahlet mir in Wonne!

Die Zeit

St! St!
Entschwunden ist
Ein Jahr gar bald,
Wie das Lüftchen im Wald,
Wie ein Hauch, wie ein Kuss,
Wie die Well' im Fluss.

MEIN GESPENST

(auf meinem Grabe)

Noch glüht das Lämpchen, d'rum genieß'
Das Dasein. – Leben ist doch süß!
Noch strahlt der Tag Dir hell und warm,
Noch reicht die Schöne Dir den Arm.
Und ist ihr Herz auch nicht dabei,
Du glaubst doch, dass es Liebe sei.
Für was ein warmes Herz Euch gab,
Ward mir ein kühles, stilles Grab,
Fern von der Sonne mildem Schein,
Von Vogelsang und Blumenrain,
Da ruh' ich tief, mein Sang verhallt,
Der Sänger ist vergessen bald!

Das kleine Mädchen mit den Schwefelhölzern

Es war so schrecklich kalt; es schneite, und es fing schon an, ganz dunkel zu werden; es war auch der letzte Abend im Jahr, der Silvesterabend. In dieser Kälte und in dieser Dunkelheit ging ein armes kleines Mädchen barhäuptig und mit bloßen Füßen auf der Straße; sie hatte ja freilich Pantoffel angehabt, als sie von Hause wegging, aber was konnte das nützen! Es waren sehr große Pantoffel, die Mutter hatte sie zuletzt benutzt, so groß waren sie, und die verlor die Kleine, als sie über die Straße eilte, weil zwei Wagen so furchtbar schnell vorüberrollten; der eine Pantoffel war nicht wieder zu finden, und mit dem andern lief ein Junge weg, er sagte, er könnte ihn als Wiege gebrauchen, wenn er selbst Kinder bekäme.

Da ging nun das kleine Mädchen auf den bloßen, kleinen Füßen, die rot und blau vor Kälte waren; in einer alten Schürze trug sie eine Menge Schwefelhölzer, und ein Bund hielt sie in der Hand; den ganzen langen Tag hatte ihr niemand etwas abgekauft! niemand hatte ihr auch nur einen Schilling geschenkt! Hungrig und erfroren ging sie umher und sah so eingeschüchtert aus, die arme Kleine! Die Schneeflocken fielen in ihr langes, blondes Haar, das sich im Nacken so hübsch lockte, aber daran dachte sie freilich nicht. Aus allen Fenstern strahlte der Lichterglanz, und dann roch es auf der Straße so herrlich nach Gänsebraten; es war ja Silvesterabend, ja daran dachte sie.

In einem Winkel zwischen zwei Häusern, von denen

das eine ein wenig mehr vorsprang als das andere, setzte sie sich hin und kauerte sich ganz zusammen; die kleinen Beine hatte sie unter sich in die Höhe gezogen, aber es fror sie nur noch mehr, und nach Hause zu gehen, wagte sie nicht, sie hatte ja keine Schwefelhölzer verkauft, hatte nicht einen einzigen Schilling bekommen, ihr Vater würde sie schlagen, und kalt war es zu Hause auch, sie hatten nur das Dach gerade über sich, und dadurch pfiff der Wind hinein, obwohl die ärgsten Spalten mit Stroh und Lumpen zugestopft waren.

Ihre kleinen Hände waren fast ganz abgestorben vor Kälte. Ach, ein kleines Streichhölzchen würde gut tun! Wenn sie nur den Mut hätte, ein einziges aus dem Bunde herauszuziehen, es an der Wand anzustreichen und die Finger daran zu erwärmen! Ratsch! Wie es sprühte, wie es brannte! Es war eine warme, helle Flamme, ganz wie ein kleines Licht, als sie die Hände darüber hielt; es war ein wunderliches Licht, dem kleinen Mädchen war es, als säße es vor einem großen eisernen Ofen mit blanken Messingkugeln und Messingtrommeln; das Feuer brannte so herrlich und wärmte so gut; nein, was war denn das? – Die Kleine streckte schon die Füße aus, um auch die zu wärmen – da erlosch die Flamme. Der Ofen verschwand, sie saß mit einem kleinen Überrest des abgebrannten Schwefelholzes in der Hand da.

Ein zweites wurde angestrichen, es brannte, es leuchtete, und wo der Schein auf die Mauer fiel, ward sie durchsichtig wie Flor; sie sah gerade in das Zimmer hinein, wo der Tisch gedeckt stand. Ein schimmernd weißes Tischtuch war darüber ausgebreitet, darauf stand feines Porzellan, und herrlich dampfte die gebratene

Gans, die mit Äpfeln und Zwetschgen gefüllt war; und was noch prächtiger war, die Gans sprang von der Schüssel herunter und watschelte, ein Messer und eine Gabel im Rücken, durch das Zimmer; direkt auf das arme Mädchen kam sie zu; da erlosch das Streichholz, und es war nur noch die dicke, kalte Mauer zu sehen.

Sie zündete ein neues Streichholz an. Da saß sie unter dem schönsten Christbaum, der war noch größer und noch reicher geschmückt, als wie sie ihn am letzten Weihnachtsfeste bei dem reichen Kaufmann durch die Glastür gesehen hatte; tausend Lichter brannten an den grünen Zweigen, und bunte Bilder, wie sie in den Schaufenstern ausgestellt waren, sahen zu ihr herab. Die Kleine streckte beide Hände aus – da erlosch das Streichholz; die vielen Weihnachtslichter stiegen höher und höher, sie sah, dass sie jetzt die hellen Sterne am Himmel waren, ein Stern fiel nieder und bildete einen langen Feuerstreifen am Himmel.

»Jetzt stirbt jemand!«, sagte das kleine Mädchen, denn die alte Großmutter, die Einzige, die gut gegen sie gewesen, die jetzt aber gestorben war, hatte ihr erzählt: Wenn ein Stern vom Himmel fällt, fliegt eine Seele zu Gott empor.

Sie strich nochmals ein Hölzchen an der Wand an, es leuchtete ringsumher, und in dem Glanze stand die alte Großmutter so klar und schimmernd, so mild und liebevoll.

»Großmutter«, rief die Kleine, »ach, nimm mich mit! Ich weiß, du bist wieder weg, sobald das Streichholz erlischt, weg wie der warme Ofen, der schöne Gänsebraten und der große, schöne Weihnachtsbaum!« – und schnell strich sie den ganzen Rest Streichhölzer an, die noch im Bund waren, sie wollte Großmutter so recht lange festhalten, und die Streichhölzer leuchteten mit einem solchen Glanz, dass es heller war als am hellen Tage. Die Großmutter war noch nie so schön und so groß gewesen. Sie nahm das kleine Mädchen auf ihre Arme, und sie flogen in Glanz und Freude so hoch, so hoch, und da oben war weder Kälte noch Hunger oder Angst – sie waren bei Gott.

Aber im Winkel am Hause saß in der kalten Morgenstunde das kleine Mädchen mit roten Wangen und mit einem Lächeln um den Mund – tot, erfroren am letzten Abend im alten Jahr. Die Neujahrssonne ging über der kleinen Leiche auf, sie saß mit den Streichhölzern da, von denen ein Bund fast abgebrannt war. »Sie hat sich erwärmen wollen«, sagte man; niemand wusste, was sie Schönes gesehen hatte, in welchen Glanz sie mit der Großmutter zur Neujahrsfreude eingegangen war.

Meine Neujahrswünsche für das ganze Leben

O gib (kann meiner Wünsche Kraft
Erfüllung heut beschwören)
Mir bald zwölf Tonnen gutes Gold,
Die mir allein gehören.

Den Keller immer voll mit Wein
Und Gänsebrust zum Spicken,
Dispens für ewig vom Latein
Und trocknen Grammatiken.

Und eine Braut! Das beste Stück
Darf meinem Glück nicht fehlen!
Hinsterben als ein Junggesell,
Das mag ein andrer wählen.

Neun echte Freunde! – Nein, nur drei,
Neun kann man nicht begehren.
Die Zukunft ohne Weh und Ach,
Den Dichterkranz mit Ehren.

Ein gut' Verhältnis stets zu Gott
Und Kritikergewimmel;
Und wenn dereinst mein Licht verlöscht,
So warte mein der Himmel.

Zwölf mit der Post

Es war schneidende Kälte, sternklarer Himmel, völlige Windstille.

»Bums!«, da wurde ein Topf gegen die Tür geworfen. »Piff, paff!«, da schossen sie dem neuen Jahr einen Salut: Es war Silvesterabend; jetzt schlug die Uhr zwölf.

»Trateratra!«, da kam die Post. Die große Postkutsche hielt draußen vor dem Stadttor, sie brachte zwölf Personen, mehr gingen nicht hinein, alle Plätze waren besetzt.

»Hurra! Hurra!«, wurde drinnen in den Häusern gesungen, wo man Silvesterabend feierte und sich eben mit dem gefüllten Glase erhoben hatte, um auf ein glückliches neues Jahr zu trinken.

»Prosit Neujahr!«, hieß es, »Glück und Gesundheit, eine liebe kleine Frau! Viel Geld! Allem Verdruss ein Ende!«

Ja, das wünschte man einander und man stieß an, und – die Post hielt vor dem Stadttor mit den fremden Gästen, den zwölf Reisenden. – Was für Personen waren denn das? Sie hatten Pass und Gepäck bei sich, ja, Geschenke für dich und mich und für alle Menschen in der Stadt. Wer waren die Fremden? Was wollten sie, und was brachten sie mit?

»Guten Morgen!«, sagten sie zu der Schildwache am Tor.

»Guten Morgen!«, sagte die Schildwache, denn die Uhr hatte ja zwölf geschlagen.

»Ihr Name? Ihr Stand?«, fragte die Schildwache denjenigen von ihnen, der zuerst aus dem Wagen stieg.

»Sehen Sie im Pass nach!«, sagte der Mann. »Ich bin ich!« Es war aber auch ein ganzer Kerl, im Bärenpelz und mit Pelzstiefeln. »Ich bin der Mann, in den sehr viele ihre Hoffnungen setzen. Wenn du morgen kommst, sollst du ein Neujahrsgeschenk haben! Ich werfe Schillinge und Taler unter die Leute, mache Geschenke, ja, ich gebe auch Bälle, volle einunddreißig Bälle, mehr Nächte habe ich nicht zur Verfügung. Meine Schiffe sind eingefroren, aber in meinem Kontor ist es warm. Ich bin Kaufmann und heiße *Januar*. Ich führe nur Rechnungen bei mir!

Dann kam der Nächste; er war ein Spaßmacher, er war Theaterdirektor, Arrangeur aller Maskenbälle und aller erdenklichen Vergnügungen. Sein Gepäck bestand aus einer großen Tonne.

»Aus der Tonne wollen wir zur Fastnachtszeit die Katze und noch viel andres herausschlagen«, sagte er. »Ich will andern und mir selbst Vergnügen bereiten, denn ich habe die kürzeste Lebensdauer von der ganzen Familie; ich werde nur achtundzwanzig! Ja, vielleicht wird noch ein Tag eingeschaltet; aber das ist einerlei, hurra!«

»Sie dürfen nicht so laut schreien!«, sagte die Schildwache.

»Freilich darf ich schreien!«, sagte der Mann, »ich bin Prinz Karneval und reise unter dem Namen *Februarius*.«

Nun kam der dritte; er sah aus wie das leibhaftige Fasten, trug aber den Kopf im Nacken, denn er war mit den »vierzig Rittern« verwandt und war Wetterprophet; aber das ist keine fette Pfründe, deswegen pries er auch die Fasten. Als einzigen Schmuck trug er einen Strauß Veilchen im Knopfloch, die waren freilich nur sehr klein.

»*März*! Marsch!«, rief ihm der vierte zu und versetzte ihm einen Puff. »März! Marsch mit dir auf die Wache, da ist Punsch! Ich kann es riechen!« Aber das war gar nicht wahr, er wollte ihn in den *April* schicken, damit begann der vierte seine Laufbahn. Er sah sehr schneidig aus, er tat nicht viel, feierte umso mehr Festtage. »Mit der Laune geht es auf und ab!«, sagte er, »Regen und Sonnenschein, Einziehen und Ausziehen! Ich bin auch Wohnungsvermietungsagent und ich bin Leichenbitter, ich kann lachen und weinen. Ich habe Sommergarderobe in meinem Koffer, aber es würde sehr töricht sein, sie anzuziehen. Ja, das bin ich! Wenn ich mich fein mache, gehe ich in seidenen Strümpfen und mit einem Muff.«

Jetzt stieg eine Dame aus dem Wagen.

»Fräulein *Mai*!«, sagte sie. In Sommerkleidern mit Galoschen. Sie trug ein buchenblattgrünes seidenes Kleid und hatte Anemonen im Haar, und dabei duftete sie dermaßen nach Waldmeister, dass die Schildwache niesen musste. »Gesundheit!«, sagte sie, das war ihr Gruß. Sie war ganz allerliebst! Und eine Sängerin war sie; nicht an einem Theater, sondern im Walde; auch keine Bänkelsängerin, nein, im frischen, grünen Wald ging sie umher und sang zu ihrem eigenen Vergnügen. In ihrem Nähbeutel hatte sie »Holzschnitte« von Christian Winther, denn die sind wie der Buchenwald, und die kleinen Gedichte von Richardt, die sind wie Waldmeister.

»Jetzt kommt die Frau, die junge Frau!«, riefen sie drinnen im Wagen, und dann stieg die junge Frau aus, jung und fein, stolz und niedlich. Sie war geboren, um »Siebenschläfer« zu feiern, das konnte man gleich sehen. Am längsten Tage des Jahres gab sie eine große Gesellschaft, damit die Gäste Zeit haben möchten, die vielen Gerichte zu essen. Ihre Mittel erlaubten es ihr, in der eigenen Equipage zu fahren, aber sie kam trotzdem mit der Post wie die andern, sie wollte zeigen, dass sie nicht hochmütig war; aber sie reiste auch nicht allein, ihr junger Bruder *Julius* begleitete sie.

Er war gut bei Sach, sommerlich gekleidet und mit einem Panamahut. Er führte nur wenig Gepäck mit sich, das war ihm zu beschwerlich bei der großen Hitze. Er hatte nur eine Bademütze und Schwimmhose mitgenommen, und das ist nicht viel.

Nun kam Muttern, Madame *August*, Obsthändlerin en gros, Besitzerin unzähliger Fischkasten, Landwirtin in großer Krinoline; sie war dick und heiß, fasste überall selbst an, trug den Arbeitern auf dem Felde eigenhändig den Bierkrug hinaus. »Im Schweiße deines Angesichts sollst du dein Brot essen!«, sagte sie, »das steht in der Bibel; hinterdrein kann man tanzen und Erntefest feiern!« Sie war die Mutter.

Dann kam wieder ein Mann, Maler von Profession, ein Maler mit Farben, das sollte der Wald erfahren, die Blätter mussten ihre Farbe wechseln, wenn er es wollte; bald schillerte der Wald in Rot und Gelb und Braun. Der Meister pfiff wie der schwarze Star, er war ein flinker Arbeiter und wand die braungrüne Hopfenranke um seinen Bierkrug, das schmückte, und für Schmuck hatte er Sinn. Da stand er nun mit seinem Farbentopf, das war sein ganzes Gepäck.

Ihm folgte der Gutsbesitzer, der an den Saatmonat, an das Pflügen und Bestellen des Feldes dachte, aber auch ein wenig an die Vergnügungen der Jagd; er hatte einen

Hund und eine Flinte bei sich, hatte Nüsse in der Tasche: knick knack! Schrecklich viel Gepäck führte er mit sich, auch einen englischen Pflug; er sprach über Landwirtschaft, aber man hörte nicht viel davon vor Husten und Schnauben – denn jetzt kam der *November*. Der hatte einen Schnupfen, einen schrecklichen Schnupfen, so dass er ein Betttuch an Stelle eines Taschentuches benutzte, und doch müsse er die Dienstmädchen in ihre neuen Stellungen einführen, wie er sagte, aber die Erkältung würde sich schon geben, wenn er nur erst beim Holzhauen wäre, und das müsse er tun, denn er sei Holzsägemeister der Innung. Die Abende verbrachte er mit dem Schnitzen von Schneeschuhen, denn das wisse er, in ein paar Wochen würde hinreichend Nachfrage nach diesem vergnüglichen Schuhzeug sein.

Endlich kam der letzte Passagier, das alte Mütterchen mit dem Feuertöpfchen; es fror sie, aber die Augen strahlten wie zwei klare Sterne. Sie trug einen Blumentopf mit einem kleinen Tannenbaum. »Den will ich hegen und pflegen, damit er zum Weihnachtsabend groß wird, vom Fußboden bis an die Decke reicht und mit brennenden Lichtern, vergoldeten Äpfeln und ausgeschnittenen Netzen und Körben dasteht. Das Feuertöpfchen wärmt wie ein Ofen, ich hole das Märchenbuch aus der Tasche hervor und lese vor, so dass alle Kinder in der Stube still werden, aber in die Figuren am Baum Leben kommt und der kleine Engel oben an der Spitze des Baumes die Flittergoldflügel ausbreitet, von der grünen Spitze herunterfliegt und Groß und Klein im Zimmer küsst, ja, auch die armen Kinder, die draußen stehen und das Weihnachtslied von dem Stern über Bethlehem singen.«

»So, jetzt kann die Kutsche abfahren«, sagte die Schildwache, »das Dutzend ist voll! Ein neuer Reisewagen soll vorfahren!«

»Lassen Sie erst die Zwölf wohlbehalten herein«, sagte der wachthabende Hauptmann. »Einer nach dem andern! Die Pässe behalte ich; sie gelten für jeden einen Monat; wenn der um ist, werde ich das Verhalten eines jeden auf dem Pass bescheinigen. Bitte, Herr Januar, treten Sie gefälligst näher!«

Und dann ging der Januar hinein.

– – Wenn ein Jahr verstrichen ist, will ich dir sagen, was die Zwölf gebracht haben, dir und mir und uns allen. Jetzt weiß ich es noch nicht, aber sie wissen es selber auch noch nicht – denn es ist eine wunderliche Zeit, in der wir leben!

Die Schneekönigin

Und des Sundes Wogen schlummern
Rings um die gefrorne Küste.
E. Tegnér

Hell schimmert der Schnee auf Feldern und Flur,
Ein einsames Licht blinkt im Hüttchen nur,
Dort harret das Mädchen beim Lampenschein
Des Herzliebsten sein.

Still ist's, in der Mühle das Treibrad steht.
Nun glättet der Knappe sein Haar und geht;
D'rauf hüpfet er lustig hin, eins, zwei, drei,
Am Mühlteich vorbei.

Froh singet er laut in den schneidenden Wind,
Von dem ihm die Wangen gerötet sind.
Schneekönigin fährt über Wälder und Au
Auf Wolken grau.

»Wie schön bist Du doch bei des Schneelichtes Schein!
Ich hab' Dich erkoren zum Herzliebsten mein.
Komm, folg mir auf schwimmenden Wolken von Schnee
Über Berge und See!«

Die Schneeflocken fallen so groß und so dicht:
»Mein Blumennetz fängt dich; oh, fliehe mich nicht!
Mein Brautbette steht dort, so schimmernd und fein;
Komm, schlummre nur ein!«

Nicht mehr blinkt im Hüttchen des Lichtes Schein,
Weiß wirbeln die Flocken in Ringelreihn,
Ein Sternchen blickt aus Wolken heraus –
Nun löschen sie's aus.

Hell scheinet die Sonne auf Feld und Wald –
Er schlummert im Brautbett, so eisig und kalt.
Dem Mädchen wird bange, zur Mühle sie geht:
Das Treibrad – es steht!

Das Schneeglöckchen

Es war Winterzeit, die Luft kalt, der Wind scharf, aber im Hause war es warm und gut, in ihrem Hause lag die Blume, sie lag in ihrer Zwiebel unter der Erde und dem Schnee.

Eines Tages fiel Regen; die Tropfen drangen durch die Schneedecke in die Erde hinab, berührten die Blumenzwiebel, sprachen von der lichten Oberwelt; bald drang der Sonnenstrahl so fein und bohrend durch den Schnee zur Zwiebel hinab und stach sie ein wenig.

»Herein!«, sagte die Blume.

»Ich kann nicht!«, sagte der Sonnenstrahl, »ich bin nicht stark genug, um aufzuschließen! Ich werde erst im Sommer stark!«

»Wann ist Sommer?«, fragte die Blume und wiederholte das jedes Mal, wenn ein neuer Sonnenstrahl hinabdrang. Aber es war noch weit bis zur Sommerzeit; noch lag der Schnee und in jeder Nacht fror das Wasser zu Eis.

»Wie lange es dauert! Wie lange es dauert!«, sagte die Blume. »Ich fühle ein Kribbeln und Krabbeln, ich muss mich recken, ich muss mich strecken, ich muss aufschließen, ich muss hinaus, muss dem Sommer guten Morgen zunicken, das wird eine glückselige Zeit!«

Und die Blume reckte und streckte sich drinnen gegen die dünne Schale, die das Wasser von außen erweicht, die Schnee und Erde erwärmt, in die der Sonnenstrahl ein wenig hineingestochen hatte; sie schoss unter dem Schnee empor, mit einer weißgrünen Knospe auf ihrem grünen Stängel, mit schmalen, dicken Blättern, die sie gleichsam beschützen wollten. Der Schnee war kalt, aber vom Lichte durchstrahlt, daher war es gar leicht, ihn zu durchbrechen, und nun spürte sie den Sonnenstrahl mit größerer Kraft als zuvor.

»Willkommen! Willkommen!«, sang und klang jeder Strahl, und die Blume hob sich über den Schnee hinaus in die lichte Welt. Die Sonnenstrahlen streichelten und küssten sie, dass sie sich ganz öffnete, weiß wie der Schnee und mit grünen Streifen geschmückt. Sie beugte ihr Haupt in Freude und Demut.

»Herrliche Blume!«, sangen die Sonnenstrahlen. »Wie bist du frisch und zart! Du bist die Erste, du bist die Einzige! Du bist unsere Liebe! Du läutest den Sommer ein, den herrlichen Sommer über Land und Stadt. All der Schnee wird schmelzen! Die kalten Winde werden fortgejagt! Wir werden herrschen! Alles wird grünen! Und dann bekommst du Gesellschaft, Flieder und Goldregen und zuletzt Rosen, aber du bist die Erste, so fein, so zart!«

Das war eine große Freude. Es war, als sänge und klänge die Luft, als drängten die Strahlen des Lichts in ihre Blätter und ihren Stängel; da stand sie so fein und leicht zerbrechlich und doch so kräftig in ihrer jungen Schönheit; sie stand in weißem Kleide mit grünen Bändern da und pries den Sommer. Aber es war noch weit bis zur Sommerzeit, Wolken verdeckten die Sonne, scharfe Winde bliesen.

»Du bist zu früh gekommen!«, sagten Wind und Wetter. »Noch haben wir die Macht, und du sollst sie spüren und dich darein fügen! Du hättest hübsch zu Hause bleiben, nicht herauslaufen sollen, um Staat zu machen, die Zeit ist noch nicht da!«

Es war schneidend kalt! Die Tage, die nun kamen, brachten nicht einen Sonnenstrahl! Es war für so eine kleine, zarte Blume ein Wetter, um in Stücke zu frieren. Aber sie besaß mehr Kraft, als sie selbst wusste; sie war stark in ihrer Freude und im Glauben an den Sommer, der kommen musste, er war ihr in ihrem tiefen Sehnen verkündet und von dem warmen Sonnenlicht bestätigt worden, und so stand sie denn zuversichtlich in ihrer weißen Tracht im weißen Schnee und beugte ihr Haupt, wenn die Schneeflocken dicht und schwer herabfielen und die eisigen Winde über sie dahinfuhren.

»Du wirst zerbrechen!«, sagten sie, »verderben, sterben! Was wolltest du draußen? Weshalb ließest du dich verlocken, der Sonnenstrahl hat dich genarrt! Nun sollst du es gut haben, du Sommernarr*!«

»Sommernarr!«, wiederholte sie in kalter Morgenstunde.

»Sommernarr!«, jubelten einige Kinder, die in den Garten kamen, »da steht einer, so lieblich, so schön, der Erste, der Einzige!«

Diese Worte taten der Blume so wohl, es waren Worte wie warme Sonnenstrahlen. Die Blume empfand es in ihrer Freude nicht einmal, dass man sie brach; sie lag in einer Kinderhand, wurde von einem Kindermund geküsst, in die warme Stube getragen, von sanften Augen beschaut, ins Wasser gestellt, so stärkend, so belebend! Die Blume glaubte, sie sei plötzlich tief in den Sommer hineingeraten.

* Schneeglöckchen heißt im Dänischen »Sommernarr«.

Die Tochter des Hauses, ein liebliches kleines Mädchen, war eben eingesegnet worden; sie hatte einen lieben kleinen Freund, der auch eingesegnet worden war, er war noch in der Ausbildung. »Er soll mein Sommernarr sein!«, sagte sie; dann nahm sie die feine Blume, legte sie in ein duftendes Stück Papier, auf das Verse geschrieben waren, Verse über die Blume; sie begannen mit Sommernarr und schlossen mit Sommernarr, und dann stand da: »Mein Freund, sei Winternarr!« Sie hatte ihn mit dem Sommer genarrt. Ja, das stand alles in den Versen, und sie wurden wie ein Brief gefaltet, die Blume lag darin, und es war dunkel um sie her, dunkel wie damals, als sie in der Zwiebel lag. Die Blume ging auf die Reise, lag im Postsacke, wurde gedrückt und gepresst, das war gar nicht angenehm; aber das nahm auch ein Ende.

Die Reise war vorüber, der Brief wurde geöffnet und von dem lieben Freunde gelesen; er freute sich so, dass er die Blume küsste; dann wurde sie mit ihren Versen in einen Kasten gelegt, in dem mehrere schöne Briefe lagen, aber alle ohne Blume; sie war die Erste, die Einzige, wie die Sonnenstrahlen sie genannt hatten, und es war ein Vergnügen, darüber nachzudenken.

Sie durfte auch lange darüber nachdenken, sie dachte, während der Sommer verging und der lange Winter verging, und es wurde wieder Sommer, als sie aufs Neue zum Vorschein kam. Aber nun war der junge Mann durchaus nicht erfreut, er fasste die Briefe sehr unsanft an, warf die Verse hin, dass die Blume auf den Fußboden fiel. Flach und verwelkt war sie freilich, aber deshalb hätte man sie doch nicht auf den Fußboden zu werfen brauchen; doch hier lag sie besser als im Feuer, wo die

Verse und Briefe in Flammen aufgingen. Was war geschehen? – Was so oft geschieht. Die Blume hatte ihn genarrt, das war ein Scherz; die Jungfrau hatte ihn genarrt, das war kein Scherz; sie hatte sich im schönen Sommer einen anderen Freund erkoren.

Am Morgen schien die Sonne auf den kleinen, flach gedrückten Sommernarren herab, der aussah, als sei er auf den Fußboden gemalt. Das Mädchen, das auskehrte, hob ihn auf und legte ihn in eins der Bücher auf dem Tisch, weil es glaubte, er sei beim Aufräumen herausgefallen. Und die Blume lag wieder zwischen Versen, gedruckten Versen, und sie sind vornehmer als die geschriebenen, wenigstens haben sie mehr gekostet.

So vergingen Jahre; das Buch stand auf dem Bord; dann wurde es hervorgeholt, geöffnet und gelesen; es war ein gutes Buch: Verse und Lieder von dem dänischen Dichter Ambrosius Stub, die es wohl wert sind, gekannt zu werden. Und der Mann, der in dem Buche las, schlug ein Blatt um. »Da liegt ja eine Blume!«, sagte er, »ein Sommernarr! Die wird wohl mit Bedacht hier hineingelegt worden sein; armer Ambrosius Stub! Er war auch ein Sommernarr, ein Dichternarr! Er kam seiner Zeit zu früh, und deshalb bekam er Schnee und scharfe Winde zu spüren, ging von einem fünenschen Gutsbesitzer zum andern, als Blume im Wasserglas, Blume im gereimten Brief! Sommernarr, Winternarr, Spaß und Narrheit, und doch der Erste, der Einzige, der jugendfrische dänische Dichter. Ja, bleib du als Zeichen im Buche liegen, kleiner Sommernarr, du bist mit Bedacht hineingelegt worden.«

Und das Schneeglöckchen wurde wieder ins Buch gelegt und fühlte sich geehrt und erfreut, weil es wusste, dass es ein Zeichen in dem schönen Liederbuche war und dass derjenige, der zuerst von ihm gesungen und geschrieben hatte, auch ein Sommernarr gewesen war, auch zur Winterzeit als Narr dagestanden hatte. Die Blume verstand das nun in ihrer Weise, wie wir ja auch jedes Ding in unserer Weise verstehen.

Das ist das Märchen vom Schneeglöckchen, vom Sommernarr.

Der Schneemann

Es knackt förmlich in mir, so herrlich kalt ist es!«, sagte der Schneemann. »Der Wind kann einem wirklich Leben eintreiben! Und wie der Glühende da oben glotzt!« Damit meinte er die Sonne; sie war gerade im Begriff unterzugehen. »Sie soll mich nicht zum Blinzeln bringen, ich werde meine Krumen schon festhalten!«

Er hatte nämlich statt der Augen zwei große, dreieckige Dachsteinbrocken; der Mund bestand aus einem Stück von einem alten Rechen, folglich hatte er auch Zähne.

Er war geboren unter den Jubelrufen der Knaben, war begrüßt von dem Schellengeläute und dem Peitschenknall der Schlitten.

Die Sonne ging unter, der Vollmond ging auf, rund und groß, klar und schön in der blauen Luft.

»Da ist sie schon wieder von einer andern Seite!«, sagte der Schneemann. Er glaubte, es sei die Sonne, die sich wieder blicken ließ. »Ich habe ihr das Glotzen abgewöhnt! Nun kann sie da hängen und leuchten, so dass ich mich selbst sehen kann. Wenn ich nur wüsste, wie man es anfängt, dass man sich von der Stelle bewegt! Ich würde mich so gern bewegen! Wenn ich das könnte, würde ich jetzt da unten auf dem Eise gleiten, wie ich es die Knaben habe tun sehen; aber ich verstehe mich nicht aufs Laufen.«

»Weg! Weg!«, kläffte der alte Kettenhund; er war ein wenig heiser, das hatte er sich geholt, als er noch Stubenhund war und unterm Ofen lag. »Die Sonne wird dich das Laufen schon lehren! Das habe ich im vergangenen Jahr an deinem Vorgänger und an dessen Vorgänger gesehen; weg! weg! weg sind sie alle!«

»Ich verstehe dich nicht, Kamerad!«, sagte der Schneemann, »die da oben soll mich laufen lehren?« Er meinte den Mond; »ja, sie selbst lief freilich vorhin, als ich sie fest ansah; jetzt schleicht sie von einer andern Seite herbei!«

»Du weißt gar nichts!«, sagte der Kettenhund, »du bist aber auch eben erst zusammengekleckst! Der, den du jetzt siehst, heißt der Mond; die, die vorhin wegging, war die Sonne, sie kommt morgen wieder, sie wird dich schon lehren, in den Wallgraben hinabzulaufen. Wir kriegen bald anderes Wetter, das kann ich an meinem linken Hinterbein merken, darin reißt es. Das Wetter schlägt um.«

»Ich verstehe ihn nicht!«, sagte der Schneemann, »aber ich habe ein Gefühl, als wenn er mir etwas Unangenehmes sagt. Die, die glotzte und sich dann davonmachte und die er die Sonne nennt, ist auch nicht meine Freundin, das hab ich im Gefühl.«

»Weg! Weg!«, kläffte der Kettenhund, ging dreimal um sich selbst herum und legte sich dann in seine Hütte, um zu schlafen.

Das Wetter schlug wirklich um. Ein dichter, nasskalter Nebel legte sich gegen Morgen über die ganze Gegend; als es dämmerte, kam ein eisiger Wind auf, der Frost packte einen ordentlich, aber welch ein Anblick war es, als die Sonne aufging!

Alle Bäume und Büsche standen im Reifschmuck da; es sah aus wie ein ganzer Wald aus weißen Krallen, alle

Zweige waren gleichsam mit schimmernd weißen Blüten übersät. Die unendlich vielen und feinen Verzweigungen, die man im Sommer vor allen den Blättern gar nicht sehen kann, kamen nun sämtlich zum Vorschein; es war ein so glänzend weißes Spitzengewebe, dass jeder Zweig förmlich einen weißen Glanz ausströmte. Die Hängebirken bewegten sich im Winde, es war Leben darin wie zur Sommerzeit; es war eine unvergleichliche Pracht! Und als dann die Sonne schien, nein, wie funkelte dann das Ganze, als sei es mit Diamantstaub überzuckert, und auf dem Schneeteppich, der über die Erde ausgebreitet war, glitzerten die großen Diamanten, oder man konnte sich auch vorstellen, dass da unzählige, winzig kleine Lichter brannten, die noch weißer waren als der weiße Schnee.

»Das ist wunderbar schön!«, sagte ein junges Mädchen, das mit einem jungen Mann in den Garten hinaustrat. Sie blieben dicht neben dem Schneemann stehen und betrachteten von hier aus die glitzernden Bäume. »Einen schönern Anblick kann man selbst im Sommer nicht haben!«, sagte sie und ihre Augen strahlten.

»Und so einen Burschen wie den da hat man im Sommer überhaupt nicht!«, sagte der junge Mann und zeigte auf den Schneemann. »Der ist ganz famos!«

Das junge Mädchen lachte, nickte dem Schneemann zu und tanzte dann mit ihrem Freund über den Schnee hin, der unter ihnen knirschte, als gingen sie auf Stärkemehl.

»Wer waren die beiden?«, fragte der Schneemann den Kettenhund; »du bist hier länger auf dem Hof als ich, kennst du sie?«

»Freilich kenne ich sie!«, sagte der Kettenhund. »Sie hat mich gestreichelt, und er hat mir einen Knochen geschenkt; die beiße ich nicht!«

»Aber was stellen sie hier vor?«, fragte der Schneemann.

»Liebesleu-eu-eu-eute!«, sagte der Kettenhund. »Sie werden in eine Hütte ziehen und zusammen an einem Knochen nagen! Weg! Weg!«

»Haben die beiden ebenso viel zu bedeuten wie du und ich?«, fragte der Schneemann.

»Sie gehören ja zur Herrschaft!«, sagte der Kettenhund; »man weiß ja freilich nur sehr wenig, wenn man gestern erst geboren ist, das merke ich an dir! Ich habe Alter und Kenntnisse, ich kenne alle hier auf dem Hof, und ich habe eine Zeit gekannt, wo ich hier nicht in Kälte und an der Kette stand. Weg! Weg!«

»Die Kälte ist herrlich!«, sagte der Schneemann. »Erzähle, erzähle! Aber du musst nicht mit der Kette rasseln, denn dann knackt es in mir!«

»Weg! Weg!«, kläffte der Kettenhund. »Ein junger Hund bin ich gewesen, klein und niedlich, sagten sie; damals lag ich auf einem Plüschstuhl, drinnen im Hause, lag auf dem Schoß der obersten Herrschaft, ward auf die Schnauze geküsst, und die Pfoten wurden mir mit einem gestickten Taschentuch abgewischt. Ich hieß ›Liebling‹, ›Wollewollebeinchen‹, aber dann wurde ich ihnen zu groß, sie verschenkten mich an die Haushälterin; ich kam in die Kelleretage! Du kannst von dort, wo du stehst, da hineinsehen; du kannst in die Kammer hineinsehen, wo ich Herrschaft gewesen bin; denn das war ich bei der Haushälterin. Es war zwar ein geringerer Ort als oben, aber es war hier gemütlicher; ich wurde nicht von den Kindern herumgeschleppt und gezerrt wie oben. Ich hatte ebenso gutes Futter wie früher und noch viel mehr! Ich hatte mein eignes Kissen, und dann war da ein Ofen, und das ist um diese Zeit das Schönste auf der Welt! Ich kroch ganz unter den Ofen, und dann war ich verschwunden. Ach, von dem Ofen träume ich noch oft! Weg! Weg!«

»Sieht denn ein Ofen so schön aus?«, fragte der Schneemann; »hat er Ähnlichkeit mit mir?«

»Er ist gerade das Gegenteil von dir! Kohlschwarz ist er, er hat einen langen Hals und eine Messingtrommel. Er frisst Brennholz, dass ihm das Feuer aus dem Mund heraussteht. Man muss sich an seiner Seite halten, dicht neben ihm, ganz unter ihm, das ist eine unendliche Annehmlichkeit! Durch das Fenster musst du ihn sehen können, von dort aus, wo du stehst!«

Und der Schneemann lugte in das Kellerfenster hinein und gewahrte wirklich einen schwarzen, blank polierten Gegenstand mit einer Messingtrommel; das Feuer leuchtete unten daraus hervor. Dem Schneemann wurde ganz wunderlich zumute, er hatte ein Gefühl, über das er sich selbst nicht recht klar war; es kam etwas über ihn, was er nicht kannte, das aber alle Menschen kennen, wenn sie keine Schneemänner sind.

»Und warum hast du sie verlassen?«, fragte der Schneemann. Er hatte eine Empfindung, dass der Ofen ein weibliches Wesen sein müsse. »Wie konntest du nur einen solchen Ort verlassen!«

»Das musste ich wohl!«, sagte der Kettenhund, »sie warfen mich hinaus und legten mich hier an die Kette. Ich hatte den jüngsten Junker ins Bein gebissen, weil er mir den Knochen wegstieß, an dem ich nagte; und Knochen um Knochen, dachte ich. Aber das nahmen sie übel, und seit der Zeit habe ich an der Kette gelegen und habe meine klare Stimme verloren, höre nur, wie heiser ich bin: Weg! Weg! Das war das Ende vom Liede!«

Der Schneemann hörte nicht mehr zu, er sah beständig in die Kelleretage der Haushälterin, in ihre Stube hinunter, wo der Ofen auf seinen vier eisernen Beinen stand und sich in derselben Größe präsentierte, wie der Schneemann selbst.

»Es knackt so sonderbar in mir!«, sagte er. »Werde ich nie da hineinkommen? Das ist doch ein unschuldiger Wunsch, und unsere unschuldigen Wünsche werden doch sicher in Erfüllung gehen. Es ist mein innigster Wunsch, mein einziger Wunsch, und es würde doch fast ungerecht sein, wenn der nicht erfüllt würde. Ich muss da hinein, ich muss mich an sie anschmiegen, und wenn ich auch ein Fenster einschlagen sollte!«

»Da hinein kommst du niemals«, sagte der Kettenhund. »Und wenn du an den Ofen herankommst, so bist du weg! Weg!«

»Ich bin so gut wie weg!«, sagte der Schneemann. »Ich glaube, ich breche durch.«

Den ganzen Tag stand der Schneemann da und sah zum Fenster hinein; in der Dämmerung erschien die Stube noch einladender; aus dem Ofen leuchtete es so mild, wie weder der Mond noch die Sonne leuchten können, ja, wie nur ein Ofen leuchten kann, wenn etwas darin ist; wurde seine Tür geöffnet, so schlug die Lohe heraus, das war so eine Gewohnheit; es flammte ordentlich rot auf in dem weißen Gesicht des Schneemanns, es leuchtete förmlich rot aus seiner Brust heraus.

»Ich halte es nicht aus!«, sagte er. »Wie es ihr steht, wenn sie so die Zunge heraussteckt!«

Die Nacht war sehr lang, aber dem Schneemann wurde sie nicht lang, er stand da in seine eignen, schönen Gedanken versunken und die froren, so dass es knackte.

Am Morgen waren die Fenster der Kellerwohnung zugefroren, sie trugen die schönsten Eisblumen, die nur ein Schneemann verlangen kann, aber sie entzogen den Ofen seinen Blicken. Die Fensterscheiben wollten nicht auftauen, er konnte »sie« nicht sehen. Es knackte und krachte in ihm und um ihn, es war ein Frostwetter, wie es sich ein Schneemann nur wünschen kann, aber er war nicht zufrieden; er hätte so glücklich sein können und müssen, aber er war nicht glücklich, er hatte Ofensehnsucht.

»Das ist eine schlimme Krankheit für einen Schneemann«, sagte der Kettenhund; »ich habe auch an der Krankheit gelitten, aber ich habe sie überstanden. Weg! Weg! – Jetzt schlägt das Wetter um!«

Und das Wetter schlug um; es wurde Tauwetter.

Das Tauwetter nahm zu, der Schneemann nahm ab. Er sagte nichts, er klagte nicht und das ist das sicherste Anzeichen.

Eines Morgens brach er zusammen. Etwas wie ein Besenstiel ragte empor, wo er gestanden hatte, um den herum hatten die Knaben ihn auch gebaut.

»Jetzt kann ich seine Sehnsucht verstehen!«, sagte der Kettenhund. »Der Schneemann hat einen Ofenhaken im

Leibe gehabt; der hat sich in ihm geregt! Jetzt ist das überstanden; weg! Weg!«

Und bald war auch der Winter überstanden.

»Weg! Weg!«, kläffte der Kettenhund; aber die kleinen Mädchen auf der Straße sangen:

»Waldmeister grün! Hervor aus dem Haus!
Weide, hänge die wollenen Fausthandschuh heraus!
Kommt, Kuckuck und Lerche! Singt hell und klar,
Der Lenz ist da! Ade Februar!
Ich singe mit euch: Kuckuck! Tirili!
Komm, liebe Sonne, scheine so warm wie noch nie!«

Und dann denkt niemand mehr an den Schneemann.

Die Schneekönigin

Ein Märchen in sieben Geschichten

Erste Geschichte, die von dem Spiegel und den Scherben handelt

So! Nun fangen wir an. Wenn wir am Ende der Geschichte sind, wissen wir mehr, als wir jetzt wissen, denn es war ein böser Kobold! Es war einer von den Allerschlimmsten, es war »der Teufel«. Eines Tages war er so recht guter Laune, denn er hatte einen Spiegel gemacht, der die Eigenschaft besaß, dass alles Gute und Schöne, was sich darin spiegelte, zu fast nichts zusammenschwand, aber was nichts taugte und sich schlecht ausnahm, das trat so recht hervor und wurde noch ärger. Die schönsten Landschaften sahen in dem Spiegel aus wie gekochter Spinat und die besten Menschen wurden ekelhaft und standen auf dem Kopfe ohne Bauch. Die Gesichter wurden so verzerrt, dass sie nicht zu erkennen waren, und hatte man eine Sommersprosse, so konnte man sicher sein, dass sie sich über Nase und Mund ausbreitete. Das sei höchst belustigend, sagte der Teufel. Ging ein guter, frommer Gedanke durch einen Menschen, dann gab der Spiegel ein Grinsen wieder, so dass der Teufel über seine künstliche Erfindung lachen musste. Alle, die die Koboldschule besuchten, denn er hatte eine Koboldschule eingerichtet, erzählten weit und breit, dass ein Wunder geschehen sei; erst jetzt, meinten sie, könne man sehen, wie die Welt und die Menschen wirklich aussähen. Sie liefen mit dem Spiegel umher, und schließlich gab es kein Land und keinen Menschen mehr, die nicht verzerrt von dem Spiegel zurückgestrahlt worden wären. Nun wollten sie auch zum Himmel emporfliegen, um sich über die Engel und den lieben Gott lustig zu machen. Je höher sie mit dem Spiegel flogen, umso mehr grinste er, sie konnten ihn kaum festhalten; höher und höher flogen sie, Gott und den Engeln immer näher; da erbebte der Spiegel so schrecklich in seinem Grinsen, dass er ihren Händen entfiel und zur Erde stürzte, wo er in hundert Millionen, Billionen und noch mehr Stücke zersprang. Und nun richteten sie gerade noch viel mehr Unheil an als bisher, denn einige Stücke waren kaum so groß wie ein Sandkorn, und diese flogen ringsumher in der weiten Welt; und wo sie jemand ins Auge bekam, da blieben sie sitzen, und da sahen die Menschen alles verkehrt oder hatten nur Auge für das, was bei einer Sache verkehrt war, denn jede kleine Spiegelscheibe hatte dieselbe Kraft behalten, die der ganze Spiegel besaß; einige Menschen bekamen sogar eine kleine Spiegelscheibe ins Herz, und dann war es ganz grässlich, das Herz ward gleichsam zu einem Klumpen Eis. Einige Stücke von dem Spiegel waren so groß, dass sie zu Fensterscheiben verwendet wurden, aber es war nicht gut, seine Freunde durch diese Scheiben zu betrachten; andere Stücke wurden in Brillen gefasst, und wenn dann die Leute diese Brillen aufsetzten, um recht zu sehen und gerecht zu sein, so hatte das gar keine Art; und der Böse lachte, dass ihm der Bauch platzte, und das kitzelte ihn so herrlich. Draußen aber flogen noch kleine Glassplitter in der Luft umher. Nun werden wir hören!

Zweite Geschichte
Ein kleiner Knabe und ein kleines Mädchen

Drinnen in der großen Stadt, wo so viele Häuser und Menschen sind, dass nicht Platz genug zu einem kleinen Garten für alle Leute ist, und wo sich deshalb die meisten mit Blumen in Blumentöpfen begnügen müssen, waren doch zwei arme Kinder, die einen Garten hatten, der ein wenig größer war als ein Blumentopf. Sie waren nicht Bruder und Schwester, aber sie hatten sich ebenso lieb, als wenn sie es gewesen wären. Die Eltern wohnten einander gerade gegenüber in zwei Dachkammern; da wo das Dach des einen Nachbarhauses an das andere stieß und die Wasserrinne zwischen den Dächern entlang lief, da war in jedem Hause ein kleines Fenster; man brauchte nur sperrbeinig über der Rinne zu stehen, dann konnte man von dem einen Fenster zu dem andern gelangen.

Die Eltern hatten draußen jeder einen hölzernen Kasten und darin wuchsen die Küchenkräuter, die sie gebrauchten, und ein kleiner Rosenstock; da war einer in jedem Kasten, und sie wuchsen so herrlich. Nun kamen die Eltern auf den Einfall, die Kasten quer über die Rinne zu stellen, so dass sie fast von dem einen Fenster bis an das andere reichten und ganz aussahen wie zwei Blumenwälle. Die Erbsenranken hingen über die Kasten hinab, und die Rosenstöcke schossen lange Zweige, schlängelten sich um die Fenster und neigten sich einander zu: Es sah fast aus wie eine Ehrenpforte von Blumen und Grün. Da die Kasten sehr hoch waren und die Kinder wussten, dass sie da nicht hinaufkriechen durften, so erhielten sie oft Erlaubnis, zueinander hinauszusteigen und auf ihren kleinen Schemeln unter den Rosen zu sitzen; und da spielten sie dann so herrlich.

Im Winter hatte ja das Vergnügen ein Ende; die Fenster waren oft ganz zugefroren, aber dann wärmten sie Kupfermünzen im Ofen, legten die heiße Münze gegen die gefrorene Fensterscheibe, und nun entstand da ein köstliches Guckloch, so rund, so rund; dahinter lugte ein lieblich sanftes Auge hervor, eins an jedem Fenster; das war der kleine Knabe und das kleine Mädchen. Er hieß Kay, und sie hieß Gerda. Im Sommer konnten sie mit einem Sprunge zueinander gelangen, im Winter mussten sie erst die vielen Treppen hinab- und die vielen Treppen hinaufsteigen; draußen stob der Schnee.

»Das sind die weißen Bienen, die schwärmen«, sagte die alte Großmutter.

»Haben sie auch eine Bienenkönigin?«, fragte der kleine Knabe, denn er wusste, dass unter den wirklichen Bienen eine solche ist.

»Freilich haben sie die!«, sagte die Großmutter. »Sie fliegt da, wo sie am dichtesten schwärmen! Sie ist die größte von ihnen allen, und nie bleibt sie ruhig auf der Erde, sie fliegt wieder in die schwarze Wolke hinauf. Manche Winternacht fliegt sie durch die Straßen der Stadt und lugt in alle Fenster hinein, und da frieren die gar sonderbar zu, wie mit lauter Blumen bedeckt.«

»Ja, das habe ich gesehen!«, sagten beide Kinder, und dann wussten sie, dass es wahr sei.

»Kann die Schneekönigin hier hereinkommen?«, fragte das kleine Mädchen.

»Lass sie nur kommen!«, sagte der Knabe, »dann setze ich sie auf den warmen Ofen, und dann schmilzt sie.«

Aber die Großmutter glättete sein Haar und erzählte andere Geschichten.

Am Abend, als der kleine Kay zu Hause und halb entkleidet war, kroch er auf den Stuhl am Fenster und guckte durch das kleine Loch hinaus; ein paar Schneeflocken fielen draußen, und eine davon, die allergrößte, blieb auf dem Rande des einen Blumenkastens liegen; die Schneeflocke wuchs mehr und mehr, sie ward schließlich eine ganze Dame, in den feinsten weißen Flor gekleidet, der wie aus Millionen sternenartigen Flocken zusammengesetzt war. Sie war so schön und so fein, aber aus Eis, aus blendendem, blinkendem Eis, und doch war sie lebendig; die Augen starrten wie zwei klare Sterne, aber es war weder Ruh noch Rast in ihnen. Sie nickte nach dem Fenster hinüber und winkte mit der Hand. Der kleine Knabe erschrak und sprang vom Stuhl hinab; da war es, als wenn da draußen ein großer Vogel am Fenster vorüberflöge.

Am nächsten Tage war klarer Frost – und dann wurde es Tauwetter –, und dann kam der Frühling, die Sonne schien, das Grün spross hervor, die Schwalben bauten Nester, die Fenster wurden geöffnet, und die kleinen Kinder saßen wieder in ihrem Garten, hoch oben in der Dachrinne über allen Stockwerken.

Die Rosen blühten in diesem Sommer ganz wundervoll; das kleine Mädchen hatte ein Lied gelernt, und darin kam etwas von Rosen vor, und bei den Rosen dachte sie an ihre eignen; und sie sang es dem kleinen Knaben vor, und der sang mit:

»Im Tal blühen die Rosen so schön,
Wir werden das Christkindlein sehn!«

Und die Kleinen hielten einander bei den Händen, küssten die Rosen und sahen in Gottes hellen Sonnenschein hinein und sprachen zu ihm, als wenn das Jesuskind dort wäre. Was waren das für herrliche Sommertage, wie schön war es, da draußen zwischen den frischen Rosenstöcken zu sitzen, die so aussahen, als wollten sie nie aufhören zu blühen.

Kay und Gerda saßen da und besahen ein Bilderbuch mit Tieren und Vögeln, da sagte Kay – die Uhr an dem großen Kirchturm schlug genau fünf –: »Au! Es stach mich ins Herz! Und eben flog mir etwas ins Auge!«

Das kleine Mädchen schlang ihren Arm um seinen Hals; er blinzelte mit den Augen: Nein, da war nichts zu sehen.

»Ich glaube, es ist weg!«, sagte er, aber es war nicht weg. Es war gerade so einer von diesen Glassplittern, die vom Spiegel abgesprungen waren, von dem Zauberspiegel, wir wissen ja noch, von dem hässlichen Glas, das alles Große und Schöne, das sich darin abspiegelte, klein und hässlich machte, während das Böse und Schlechte ordentlich hervortrat und jeder Fehler an einer Sache gleich zu erkennen war. Der arme Kay! Er hatte auch einen Splitter gerade ins Herz hinein bekommen. Das wird nun bald wie ein Eisklumpen werden. Jetzt tat es nicht mehr weh, aber der Glassplitter war da.

»Warum weinst du?«, fragte er. »So siehst du hässlich aus! Mir fehlt ja gar nichts! Pfui!«, rief er auf einmal, »die Rose da ist von einem Wurm angenagt! Und sieh doch, die da ist ja ganz schief! Es sind im Grunde ekelhafte Rosen! Genauso wie die Kasten, in denen sie stehen!«

Und dann stieß er mit dem Fuß gegen den Kasten und riss die beiden Rosen ab.

»Kay, was machst du?«, rief das kleine Mädchen, und als er ihren Schrecken sah, riss er noch eine Rose ab und lief dann in sein Fenster hinein, von der kleinen, guten Gerda weg.

Wenn sie später mit dem Bilderbuch kam, sagte er, das sei für Wickelkinder; und wenn die Großmutter Geschichten erzählte, kam er immer mit einem Aber – ja, wenn er dazu gelangen konnte, ging er hinter ihr her, setzte eine Brille auf und sprach so wie sie; er machte das sehr treffend und alle Leute lachten über ihn. Bald konnte er so gehen und so sprechen wie alle Menschen in der ganzen Straße. Alles, was eigentümlich an ihnen war und unschön, das wusste Kay nachzumachen, und dann sagten die Leute: »Der Junge hat sicher einen ausgezeichneten Kopf!« Aber es war das Glas, das er ins Auge bekommen hatte, das Glas, das im Herzen saß, deshalb neckte er selbst die kleine Gerda, die ihm von ganzem Herzen zugetan war.

Seine Spiele wurden nun ganz anders als bisher, sie waren so verständig. – An einem Wintertage, als die Schneeflocken stoben, kam er mit einem großen Brennglas, breitete seinen blauen Rockzipfel aus und ließ die Schneeflocken darauf fallen.

»Sieh nun in das Glas, Gerda!«, sagte er, und jede Schneeflocke wurde viel größer und sah aus wie eine prächtige Blume oder ein zehneckiger Stern; das war wunderhübsch anzusehen.

»Siehst du, wie künstlich!«, sagte Kay, »das ist weit interessanter als die wirklichen Blumen! Und an diesen ist auch nicht ein einziger Fehler, sie sind ganz vollkommen, wenn sie nur nicht schmölzen!«

Nach einer Weile kam Kay mit großen Handschuhen und seinem Schlitten auf dem Rücken; er schrie Gerda in die Ohren hinein: »Ich habe Erlaubnis bekommen, auf dem großen Platz zu fahren, wo die andern spielen!«, und fort war er.

Dort auf dem Platz banden die kühnsten Knaben oft ihren Schlitten an den Wagen eines Bauern, und dann fuhren sie ein gutes Stück mit. Das ging gar lustig zu. Als sie im besten Spielen waren, kam ein großer Schlitten daher; der war ganz weiß angestrichen und darin saß jemand, in einen rauen, weißen Pelz gehüllt und mit weißer Pelzmütze; der Schlitten fuhr zweimal um den Platz herum, und Kay band geschwind seinen kleinen Schlitten daran fest, und dann fuhr er mit. Es ging schneller und schneller, geradeswegs in die nächste Straße hinein; die Person, die fuhr, drehte den Kopf herum, nickte Kay so freundlich zu, es war, als kennten sie einander; jedes Mal, wenn Kay seinen kleinen Schlitten losbinden wollte, nickte die Person wieder und dann blieb Kay sitzen; sie fuhren gerade zum Stadttor hinaus. Da begann der Schnee so herniederzufallen, dass der Kleine nicht die Hand vor den Augen sehen konnte, während er dahinsauste; da ließ er endlich die Schnur fahren, um von dem großen Schlitten loszukommen, aber sein kleines Fuhrwerk hing fest, und es ging mit Windeseile vorwärts. Da rief er ganz laut, aber niemand hörte ihn und der Schnee stob, und der Schlitten flog dahin; zuweilen machte er einen Sprung, es war, als führe er über Gräben und Zäune. Kay war ganz erschrocken, er wollte sein Vaterunser beten, aber er konnte sich nur des großen Einmaleins entsinnen.

Die Schneeflocken wurden größer und größer, zuletzt sahen sie aus wie zwei große, weiße Hühner; auf einmal sprangen sie zur Seite, der große Schlitten hielt, und die Person, die ihn gefahren hatte, richtete sich auf, der Pelz und die Mütze waren aus lauter Schnee; es war eine Dame, groß und schlank und schimmernd weiß, es war die Schneekönigin.

»Wir sind gut vorwärts gekommen!«, sagte sie, »aber wer wird wohl frieren? Kriech in meinen Bärenpelz hinein!« Und sie setzte ihn neben sich in den Schlitten und schlug den Pelz um ihn, es war, als versänke er in einer Schneewehe.

»Friert dich noch?«, fragte sie und dann küsste sie ihn auf die Stirn. Hu! Das war kälter als Eis, es ging ihm gerade bis ins Herz hinein, das ja doch schon halb ein Eisklumpen war; es war, als sollte er sterben; aber nur einen Augenblick, dann tat es ihm wohl; er spürte die Kälte ringsumher nicht mehr.

»Mein Schlitten! Vergiss meinen Schlitten nicht!« Das war das Erste, woran er dachte; und der wurde an eins der weißen Hühner festgebunden, und das flog hinterdrein mit dem Schlitten auf dem Rücken. Die Schneekönigin küsste Kay noch einmal, und da hatte er die kleine Gerda und die Großmutter und alle daheim vergessen.

»Jetzt bekommst du keine Küsse mehr«, sagte sie, »denn sonst küsse ich dich tot!«

Kay sah sie an; sie war sehr schön; ein klügeres, schöneres Gesicht konnte er sich nicht denken; nun erschien sie ihm nicht mehr von Eis wie damals, als sie draußen vor dem Fenster saß und ihm winkte; in seinen Augen war sie vollkommen, er hatte gar keine Angst, er erzählte ihr, dass er kopfrechnen könne, und zwar mit Brüchen, dass er die Quadratmeilen des Landes wisse und »wie viele Einwohner« es habe, und sie lächelte beständig; da meinte er, es sei doch nicht genug, was er wisse, und er sah in den großen, großen Luftraum hinauf, und sie flog mit ihm, flog hoch oben über der schwarzen Wolke, und der Sturm sauste und brauste, es war, als sänge er alte Melodien. Sie flogen über Wälder und Seen, über Gärten und Länder; tief unter ihnen sauste der kalte Wind, die Wölfe heulten, der Schnee glitzerte, die schwarzen, schreienden Krähen flogen darüber hin, aber hoch oben schien der Mond so hell, und den sah Kay die lange, lange Winternacht an; am Tage aber schlief er zu den Füßen der Schneekönigin.

Dritte Geschichte
Der Blumengarten bei der Frau, die zaubern konnte

Wie aber erging es der kleinen Gerda, als Kay nicht mehr kam? Wo war er nur geblieben? – Niemand wusste es, niemand konnte Bescheid geben. Die andern Knaben erzählten nur, sie hätten gesehen, wie er seinen Schlitten an einen mächtig großen gebunden habe, der in die Straße hinein und zum Stadttor hinaus gefahren war. Niemand wusste, wo er war; viele Tränen flossen, die kleine Gerda weinte heiß und lange. – Dann dachte sie, er sei tot, er sei in den Fluss gefallen, der dicht an der Stadt vorüberfloss;

ach, es waren gar lange, dunkle Wintertage! Dann kam der Frühling mit wärmerem Sonnenschein.

»Kay ist tot und fort«, sagte die kleine Gerda. »Das glaube ich nicht!«, sagte der Sonnenschein. »Er ist tot und fort!«, sagte sie zu den Schwalben. »Das glaube ich nicht!«, antworteten die, und schließlich glaubte die kleine Gerda es auch nicht mehr.

»Ich will meine neuen, roten Schuhe anziehen«, sagte sie eines Morgens, »die Kay noch nie gesehen hat, und dann will ich an den Fluss hinabgehen und den fragen!« – Und es war noch ganz früh; sie küsste die alte Großmutter, die noch schlief, zog die roten Schuhe an und ging ganz allein zum Tore hinaus nach dem Fluss hinab.

»Ist es wahr, dass du mir meinen kleinen Spielgefährten weggenommen hast? Ich will dir meine roten Schuhe schenken, wenn du mir ihn wiedergeben willst!«

Und die Wellen, so schien es ihr, nickten so sonderbar; da nahm sie ihre roten Schuhe, das Liebste, was sie hatte, und warf sie alle beide in den Fluss hinein; aber sie fielen ganz dicht am Ufer nieder und die kleinen Wellen trugen sie gleich wieder zu ihr ans Land, es war, als wolle der Fluss das Liebste, was sie besaß, nicht nehmen, da er den kleinen Kay ja nicht hatte; aber sie glaubte, dass sie die Schuhe nicht weit genug hinausgeworfen hätte, und da kroch sie denn in ein Boot, das im Röhricht lag, sie ging ganz an das äußerste Ende und warf die Schuhe ins Wasser; aber das Boot war nicht festgebunden, und bei der Bewegung, die sie machte, glitt es vom Lande ab; sie bemerkte es und beeilte sich herauszukommen, aber ehe sie noch zurückkletterte, war das Boot über eine Elle vom Ufer entfernt, und nun glitt es schneller von dannen.

Da erschrak die kleine Gerda sehr und fing an zu weinen, aber es hörte sie niemand außer den Spatzen, und die konnten sie nicht ans Land tragen, aber sie flogen am Ufer entlang und sangen, als wollten sie sie trösten: »Hier sind wir! Hier sind wir!« Das Boot trieb mit dem Strom; die kleine Gerda saß ganz still in ihren Strümpfen da; die kleinen, roten Schuhe schwammen hinterdrein, aber sie konnten das Boot nicht erreichen, das trieb immer schneller.

Hübsch war es an beiden Ufern, schöne Blumen, alte Bäume und Abhänge mit Schafen und Kühen, aber nirgends war ein Mensch zu sehen.

»Vielleicht trägt mich der Fluss zu dem kleinen Kay hin«, dachte Gerda, und dann war sie nicht mehr so traurig, sie richtete sich auf und sah viele Stunden lang die grünen Ufer an; dann kam sie an einen großen Kirschengarten, in dem ein kleines Haus mit wunderlichen roten und blauen Fenstern lag, übrigens mit einem Strohdach und zwei hölzernen Soldaten davor, die vor den Vorübergehenden das Gewehr schulterten.

Gerda rief sie an; sie glaubte, sie seien lebendig, aber sie antworteten natürlich nicht, sie kam ihnen ganz nahe, der Fluss trieb das Boot gerade auf das Ufer zu.

Gerda rief noch lauter, und da kam eine alte, alte Frau aus dem Hause heraus, die sich auf einen Krückstock stützte; sie hatte einen großen Sonnenhut auf, und der war mit den schönsten Blumen bemalt.

»Du armes, kleines Kind!«, sagte die alte Frau; »wie bist du nur auf den großen, reißenden Strom gekommen und so weit in die weite Welt hinausgetrieben?« Und dann ging die alte Frau ganz in das Wasser hinein, erfasste mit ihrem Krückstock das Boot, zog es ans Land und hob die kleine Gerda heraus.

Und Gerda war froh, wieder auf das Trockene zu gelangen, aber sie fürchtete sich doch ein wenig vor der fremden, alten Frau.

»Komm doch und erzähle mir, wer du bist und wie du hierher kommst!«, sagte sie.

Und Gerda erzählte ihr alles; und die Alte schüttelte den Kopf und sagte: »Hm! Hm!« Und als Gerda ihr alles gesagt und sie gefragt hatte, ob sie nicht den kleinen Kay gesehen hätte, sagte die Frau, er sei nicht vorbeigekommen, aber er würde schon kommen, sie sollte nur nicht traurig sein, sondern ihre Kirschen kosten und ihre Blumen besehen, die seien schöner als irgendein Bilderbuch, die könnten jede eine ganze Geschichte erzählen. Dann nahm sie Gerda bei der Hand, sie gingen in das kleine Haus, und die alte Frau schloss die Tür zu.

Die Fenster saßen ganz hoch oben und die Scheiben waren rot, blau und gelb; das Tageslicht schien so wunderlich da hinein in allen Farben, aber auf dem Tisch standen die schönsten Kirschen, und Gerda aß so viele, wie sie nur wollte, denn das durfte sie. Und während sie aß, kämmte ihr die alte Frau das Haar mit einem goldenen Kamm, und das Haar lockte sich und umschimmerte so herrlich goldblond das kleine, freundliche Gesicht, das so rund war und wie eine Rose aussah.

»Nach so einem süßen kleinen Mädchen habe ich mich schon lange gesehnt«, sagte die Alte. »Nun sollst du einmal sehen, wie gut wir uns vertragen werden!« Und während sie das Haar der kleinen Gerda kämmte, vergaß diese ihren Pflegebruder Kay mehr und mehr; denn die alte Frau konnte zaubern, aber eine böse Hexe war sie nicht, sie zauberte nur ein klein wenig zu ihrem eignen Vergnügen, und sie wollte die kleine Gerda so gern behalten. Darum ging sie in den Garten hinaus und streckte ihren Krückstock nach allen Rosenstöcken aus: wie schön sie auch blühten, sanken sie doch alle in die schwarze Erde hinab, und man konnte nicht sehen, wo sie gestanden hatten. Der Alten war bange, dass, wenn Gerda die Rosen sähe, sie an ihre eigenen denken und sich dann des kleinen Kay erinnern und davonlaufen würde.

Dann führte sie Gerda in den Blumengarten hinaus. – Nein! War das ein Duft und eine Herrlichkeit! Alle nur denkbaren Blumen, und zwar für jede Jahreszeit, standen hier in der prächtigsten Blüte; kein Bilderbuch konnte bunter und schöner sein. Gerda hüpfte vor Freude und spielte, bis die Sonne hinter den hohen Kirschbäumen unterging; dann bekam sie ein schönes Bett mit roten, seidenen Kissen, die waren mit blauen Veilchen gestopft, und sie schlief und träumte da so herrlich wie eine Königin an ihrem Hochzeitstag.

Am nächsten Tage konnte sie wieder mit den Blumen im warmen Sonnenschein spielen – so vergingen viele Tage. Gerda kannte jede Blume, aber wie viele auch da waren, so fand sie doch, dass da eine fehlte, aber welche, das wusste sie nicht. Da saß sie eines Tages und betrachtete den Sonnenhut der alten Frau mit den gemalten Blumen, aber gerade die allerschönste darunter war eine Rose. Die Alte hatte vergessen, sie vom Hut zu entfernen, als sie die andern in die Erde bannte. Aber so geht es, wenn man die Gedanken nicht beisammen hat. –

»Was!«, sagte Gerda, »sind hier denn keine Rosen?« Und sie sprang zwischen die Beete, suchte und suchte, aber da war keine zu finden; da setzte sie sich hin und weinte, aber ihre heißen Tränen fielen gerade auf die Stelle, wo ein Rosenbaum versunken war, und als die warmen Tränen die Erde netzten, schoss der Baum auf einmal empor, so blühend, wie er versunken war, und Gerda umarmte ihn, küsste die Rosen und dann musste sie an die schönen Rosen daheim denken und mit ihnen auch an den kleinen Kay.

»Oh, wie bin ich doch aufgehalten worden!«, sagte das kleine Mädchen. »Ich wollte Kay ja suchen! – Wisst ihr nicht, wo er ist?«, fragte sie die Rosen. »Glaubt ihr, dass er tot und fort ist?«

»Tot ist er nicht«, sagten die Rosen. »Wir sind ja in der Erde gewesen, da sind alle die Toten, aber Kay war nicht da.«

»Habt vielen Dank!«, sagte die kleine Gerda und sie ging zu den anderen Blumen hin, sah in ihre Kelche hinein und fragte: »Wisst ihr nicht, wo der kleine Kay ist?«

Aber jede Blume stand in der Sonne und träumte ihr eignes Märchen oder ihre Geschichte, davon bekam die kleine Gerda so viele, viele zu hören, aber keine wusste etwas von Kay.

Und was sagte denn die Feuerlilie?

»Hörst du die Trommel: bum! bum! Es sind nur zwei Töne, immer bum! bum! Höre der Frauen Trauergesang, höre der Priester Ruf! – In ihrem langen, roten Gewand steht das Hinduweib auf dem Scheiterhaufen, die Flammen lodern um sie und ihren toten Mann empor; aber das Hinduweib denkt an den Lebenden hier im Kreise, an ihn, dessen Augen heißer brennen als die Flammen, an ihn, dessen Feuer ihr Herz heißer berührt als die Flammen, die bald ihren Leib zu Asche sengen. Kann die Flamme des Herzens in den Flammen des Scheiterhaufens sterben?«

»Das verstehe ich gar nicht!«, sagte die kleine Gerda.

»Das ist mein Märchen!«, sagte die Feuerlilie.

Was sagte die Winde?

»Über den schmalen Gebirgspfad hinaus hängt eine alte Ritterburg. Dichtes Immergrün wächst an den alten, roten Mauern empor; Blatt an Blatt umrankt den Balkon, und dort steht ein schönes Mädchen, sie beugt sich über das Gitterwerk und sieht den Weg hinab. Keine Rose hängt frischer am Zweige als sie; keine Apfelblüte, wenn sie der Wind dem Baume entführt, schwebt leichter als sie; wie rauscht das prächtige, seidene Gewand! ›Kommt er denn nicht?‹«

»Meinst du Kay?«, fragte die kleine Gerda.

»Ich spreche nur von meinem Märchen, meinem Traum«, antwortete die Winde.

Was sagte das kleine Schneeglöckchen?

»Zwischen den Bäumen hängt an Seilen das lange Brett; das ist eine Schaukel; zwei niedliche, kleine Mädchen – die Kleider sind weiß wie Schnee, lange, grüne seidene Bänder flattern von den Hüten – sitzen und schaukeln sich; der Bruder, der größer ist als sie, steht aufrecht in der Schaukel; er hat den Arm um das Seil geschlungen, um sich zu halten, denn in der einen Hand hält er eine kleine Schale, in der andern eine Tonpfeife, er macht Seifenblasen; die Schaukel geht und die Seifenblasen fliegen mit wunderbar wechselnden Farben; die letzte hängt noch am Pfeifenstiel und biegt sich im Winde; die Schaukel geht; der kleine, schwarze Hund, leicht wie die Seifenblasen, richtet sich auf den Hinterbeinen auf und will mit in die Schaukel hinein; sie fliegt, der Hund fällt, bellt und ist wütend; er wird geneckt, die Blasen zerspringen – ein schaukelndes Brett, ein zerspringendes Schaumbild ist mein Lied!«

»Es mag schon sein, dass es hübsch ist, was du da erzählst, aber du sagst es so traurig und erwähnst Kay gar nicht.«

Was sagten die Hyazinthen?

»Es waren einmal drei wunderschöne Schwestern, so durchsichtig und fein; das Kleid der einen war rot, das der andern war blau, und die dritte hatte ein ganz weißes; Hand in Hand tanzten sie an dem stillen See im hellen Mondschein. Es waren keine Elfen, es waren Menschenkinder. Es duftete so süß, und die Mädchen verschwanden im Walde; der Duft wurde stärker – drei Särge, darin lagen die schönen Mädchen, glitten aus dem Dickicht des Waldes über den See hin; Johanniswürmchen flogen schimmernd ringsumher wie kleine, schwebende Lichter. Schlafen die tanzenden Mädchen, oder sind sie tot? – Der Blumenduft sagt, sie sind Leichen; die Abendglocke läutet ihnen den Grabgesang!«

»Du machst mich ganz traurig!«, sagte die kleine Gerda. »Du duftest so stark, ich muss an die toten Mädchen denken: Ach, ist der kleine Kay denn wirklich tot? Die Rosen sind unten in der Erde gewesen, und die sagen Nein!«

»Kling, klang!«, läuteten die Hyazinthenglocken. »Wir läuten nicht für den kleinen Kay, den kennen wir nicht! Wir singen nur unser Lied, das einzige, das wir kennen.«

Und Gerda ging zur Butterblume hin, die zwischen den glänzenden, grünen Blättern hervorschimmerte.

»Du bist eine kleine, helle Sonne!«, sagte Gerda. »Sage mir, ob du weißt, wo ich meinen Spielgefährten finden kann.«

Und die Butterblume schien so schön und sah Gerda wieder an. Welches Lied konnte die Butterblume wohl singen? Von Kay handelte es auch nicht.

»In einem kleinen Hof schien die liebe Gottessonne an dem ersten Frühlingstag so warm; die Strahlen glitten an der weißen Wand des Nachbars herab, dicht daran wuchsen die ersten gelben Blumen, schimmerndes Gold in den warmen Sonnenstrahlen; die alte Großmutter saß draußen in ihrem Stuhl, die Enkelin, das arme, schöne Dienstmädchen, kam nach Hause auf einen kurzen Besuch; sie küsste die Großmutter. Es war Gold, Herzensgold in dem liebevollen Kuss! Gold auf dem Munde, Gold auf dem Grunde, Gold in der Morgenstunde! Sieh, das ist meine kleine Geschichte!«, sagte die Butterblume.

»Meine arme alte Großmutter!«, seufzte Gerda. »Ja, sie sehnt sich gewiss nach mir und grämt sich um mich sowie um den kleinen Kay. Aber ich kehre bald wieder heim, und dann bringe ich Kay mit. – Es nützt nichts, dass ich die Blumen frage, die kennen nur ihr eignes Lied, die sagen mir nicht Bescheid!« Und dann schürzte sie ihr kleines Kleid, damit sie schneller laufen könne; aber die

Narzisse schlug sie über das Bein, als sie über sie hinwegsprang; da blieb sie stehen, sah die lange Blume an und fragte: »Weißt du am Ende was?« Und sie beugte sich zu ihr hinab. Und was sagte die?

»Ich kann mich selbst sehen! Ich kann mich selbst sehen!«, sagte die Narzisse. »Oh, oh, wie ich dufte! – Oben in dem kleinen Mansardenstübchen steht halb angekleidet eine kleine Tänzerin, sie steht bald auf einem Bein, bald auf zweien, sie tritt die ganze Welt mit Füßen, sie ist nichts als Augenverblendung. Sie gießt Wasser aus dem Teekessel auf ein Kleidungsstück, das sie in der Hand hält; das ist ihr Schnürleib; – Reinlichkeit ist eine schöne Sache! Das weiße Kleid hängt am Haken, das ist auch im Teekessel gewaschen und auf dem Dach getrocknet! Das zieht sie an, das safrangelbe Tuch um den Hals, dann schimmert das Kleid noch weißer. Das Bein in die Höhe! Sieh, wie aufrecht sie auf einem Stängel steht! Ich kann mich selbst sehen! Ich kann mich selbst sehen!«

»Das ist mir ganz einerlei!«, sagte Gerda, »das brauchst du mir gar nicht zu erzählen!« Und dann lief sie an das äußerste Ende des Gartens.

Die Tür war verschlossen, aber sie rüttelte an dem verrosteten Riegel, bis er losging und die Tür aufsprang, und dann lief die kleine Gerda auf bloßen Füßen in die weite Welt hinaus. Sie sah sich dreimal um, aber niemand kam hinter ihr drein; schließlich konnte sie nicht mehr laufen, da setzte sie sich auf einen großen Stein, und als sie sich umsah, war der Sommer vorüber, es war Spätherbst, das konnte man gar nicht merken da drinnen in dem großen Garten, wo alles Sonnenschein war und wo immer die Blumen aller Jahreszeiten blühten.

»Lieber Gott, wie habe ich mich verspätet!«, sagte die kleine Gerda. »Es ist ja Herbst geworden! Da darf ich nicht ruhen!« Und sie stand auf, um zu gehen.

Oh, wie waren ihre kleinen Füße wund und müde, und ringsumher sah es kalt und rau aus; die langen Weidenblätter waren ganz gelb und der Nebel tropfte als Wasser von ihnen herab, ein Blatt nach dem andern fiel ab, nur der Schlehdorn stand voller Früchte da, so herben, sie zogen den Mund zusammen. Oh, wie war es so grau und schwer in der weiten Welt!

Vierte Geschichte
Prinz und Prinzessin

Gerda musste wieder ausruhen! Da hüpfte dort auf dem Schnee, dem Platz, auf dem sie saß, gerade gegenüber, eine große Krähe; sie hatte still gesessen, sie angesehen und mit dem Kopfe gewackelt; nun sagte sie: »Kra! Kra! – Gu' Tag! Gu' Tag!« Besser konnte sie es nicht sagen, aber sie meinte es so gut mit dem kleinen Mädchen und fragte, wohin sie so allein in die weite Welt hinausginge. Das Wort ›allein‹ verstand Gerda sehr wohl und fühlte so recht, wie viel darin lag, und dann erzählte sie der Krähe ihr ganzes Leben und ihre Erlebnisse und fragte, ob sie Kay nicht gesehen hätte.

Und die Krähe nickte ganz bedächtig und sagte: »Das könnte wohl sein! Das könnte wohl sein!«

»Wie? Meinst du wirklich?«, fragte das kleine Mädchen und hätte beinahe die Krähe tot gedrückt, so küsste sie sie.

»Ruhig! Ruhig!«, sagte die Krähe. »Ich glaube, es könnte wohl der kleine Kay sein! Aber nun hat er dich gewiss längst über die Prinzessin vergessen!«

»Wohnt er bei einer Prinzessin?«, fragte Gerda.

»Ja, höre!«, sagte die Krähe. »Aber es wird mir so schwer, deine Sprache zu reden. Verstehst du die Krähensprache? Dann kann ich besser erzählen.«

»Nein, die habe ich nicht gelernt!«, sagte Gerda, »aber die Großmutter konnte sie, und die Erbsensprache auch. Hätte ich sie nur gelernt!«

»Tut nichts!«, sagte die Krähe. »Ich werde erzählen, so gut ich kann, aber schlecht wird es darum doch.« Und dann erzählte sie, was sie wusste.

»In dem Königreich, in dem wir jetzt sitzen, wohnt eine Prinzessin, die ist so ungeheuer klug, aber sie hat auch alle Zeitungen gelesen, die es auf der ganzen Welt gibt, und sie wieder vergessen, so klug ist sie. Neulich sitzt sie auf dem Thron, und das ist gar nicht so ergötzlich, sagt man, da fängt sie an, ein Lied zu singen und zwar das: ›Warum sollt ich mich denn nicht vermählen?‹ ›Wahrhaftig‹, sagt sie, ›darin ist ja Sinn und Verstand!‹ Und nun wollte sie sich verheiraten, aber sie wollte einen Mann haben, der zu antworten verstand, wenn man mit ihm sprach, der nicht nur dastand und vornehm aussah, denn das ist so langweilig. Nun ließ sie alle Hofdamen zusammentrommeln, und als sie hörten, was sie wollte, wurden sie sehr vergnügt. ›Das gefällt mir ausnehmend!‹, sagten sie, ›das habe ich neulich auch schon gedacht!‹ -- Du kannst mir glauben, jedes Wort, das ich sage, ist wahr!«, sagte die Krähe. »Ich habe eine zahme Braut, die geht frei im Schloss umher, und die hat mir alles erzählt!« – Seine Braut war natürlich auch eine Krähe, denn Krähe sucht Nähe, und das ist immer eine Krähe.

»Die Zeitungen erschienen sogleich mit einer Umrandung aus Herzen und dem Namenszug der Prinzessin; da konnte man lesen, dass es jedem jungen Manne, der gut aussähe, freistände, aufs Schloss zu kommen und mit der Prinzessin zu reden, und der, der so spräche, dass man hören könnte, dass er in dem, was er sagte, zu Hause wäre, und der am besten spräche, den wollte die Prinzessin zum Manne nehmen. – Ja, ja«, sagte die Krähe, »du kannst mir glauben, das ist so gewiss, wie ich hier sitze; die Leute strömten herbei, das war ein Gedränge und ein Gelaufe, aber es glückte keinem weder am ersten noch am zweiten Tage. Sie konnten alle zusammen gut sprechen, wenn sie draußen auf der Straße waren, aber wenn sie zum Schlosstor hereinkamen und die Garde in Silber sahen und auf den Treppen die Lakaien in Gold und die großen, erleuchteten Säle, dann wurden sie ganz verwirrt; und standen sie vor dem Thron, auf dem die Prinzessin saß, wussten sie nichts weiter zu sagen als das letzte Wort, was sie gesagt hatten, und sie machte sich nichts daraus, das noch einmal zu hören. Es war, als wenn sie alle da drinnen Schnupftabak auf den Bauch bekommen hätten und eingeschlummert wären, bis sie wieder auf die Straße hinauskamen, ja, dann konnten sie reden! Da stand eine Reihe vom Stadttor bis zum Schlosse hin. Ich war selbst drinnen, um es zu sehen!«, sagte die Krähe. »Sie wurden hungrig und durstig, aber im Schlosse bekamen sie nicht einmal ein Glas Wasser. Freilich hatten einige von den Klügsten Butterbrot mitgenommen, aber sie teilten nicht mit ihrem Nachbar; sie dachten auch: ›Lass ihn nur hungrig aussehen, dann nimmt die Prinzessin ihn nicht!‹«

»Aber Kay, der kleine Kay?!«, fragte Gerda. »Wann kam der denn? War er unter den vielen?«

»Immer ruhig, ruhig! Nun kommen wir gleich zu ihm! Es war am dritten Tage, da kam ein kleiner Bursche ohne Pferd und Wagen ganz unbefangen gerade auf das Schloss zumarschiert; seine Augen glänzten ganz so wie die deinen, er hatte wunderschönes, langes Haar, aber sonst ärmliche Kleider.«

»Das war Kay!«, jubelte Gerda. »Ach, nun habe ich ihn gefunden!« Und sie klatschte in die Hände.

»Er hatte einen kleinen Ranzen auf dem Rücken«, sagte die Krähe.

»Nein, das war wohl sein Schlitten!«, sagte Gerda. »Denn mit dem Schlitten ging er weg!«

»Das kann wohl sein!«, sagte die Krähe, »so genau habe ich nicht hingesehen! Aber das weiß ich von meiner zahmen Braut, dass er, als er durch das Schlosstor kam und die Leibgarde in Silber und auf den Treppen die Lakaien in Gold sah, nicht im Geringsten verwirrt wurde, er nickte ihnen zu und sagte: ›Es muss langweilig sein, auf der Treppe zu stehen, ich gehe lieber hinein.‹ Da schimmerten Säle von Lichtern, Geheimräte und Exzellenzen gingen auf bloßen Füßen und trugen goldene Schüsseln; einem konnte wohl feierlich zumute werden! Seine Stiefel knarrten so schrecklich, aber bange wurde ihm darum doch nicht!«

»Das ist ganz gewiss Kay!«, sagte Gerda. »Ich weiß, er hatte neue Stiefel an, ich habe sie in Großmutters Stube knarren hören!«

»Ja, knarren taten sie!«, sagte die Krähe. »Und ganz unbefangen ging er gerade auf die Prinzessin zu, die auf einer Perle saß, die so groß war wie ein Spinnrad; und alle Hofdamen mit ihren Zofen und den Zofen ihrer Zofen und alle Kavaliere mit ihren Dienern und den Dienern ihrer Diener, die wieder einen Burschen halten, standen ringsumher aufgestellt; und je näher sie nach der Tür zu standen, umso stolzer sahen sie aus. Den Burschen von des Dieners Diener, der immer in Pantoffeln geht, darf man kaum ansehen, so stolz steht er in der Tür!«

»Das muss grässlich sein!«, sagte die kleine Gerda. »Und Kay hat doch die Prinzessin gekriegt?«

»Wäre ich keine Krähe gewesen, so hätte ich sie genommen, und zwar obwohl ich verlobt bin. Er soll genauso gut geredet haben, wie ich rede, wenn ich die Krähensprache spreche, das weiß ich von meiner zahmen Braut. Er war unbefangen und allerliebst, er war gar nicht gekommen, um zu freien, war einzig und allein gekommen, um die Klugheit der Prinzessin zu hören, und die fand er gut, und sie ihrerseits fand ihn gut.«

»Ja, ganz sicher, das war Kay!«, sagte Gerda. »Er war so klug, er konnte kopfrechnen mit Brüchen! – Ach, willst du mich nicht im Schlosse einführen?«

»Ja, das ist leicht gesagt!«, meinte die Krähe. »Aber wie machen wir das nur? Ich werde es mit meiner zahmen Braut bereden; sie kann uns gewiss raten; denn das will ich dir sagen, so ein kleines Mädchen wie du bekommt nie die Erlaubnis, ordnungsmäßig hineinzukommen.«

»Doch, die bekomme ich!«, sagte Gerda. »Wenn Kay hört, dass ich hier bin, kommt er gleich und holt mich!«

»Erwarte mich dort an der Gitterpforte!«, sagte die Krähe, wackelte mit dem Kopf und flog davon.

Erst als es dunkler Abend war, kam die Krähe wieder zurück. »Rar! Rar!«, sagte sie. »Ich soll dich vielmals von ihr grüßen, und hier ist ein Brötchen für dich, das hat sie in der Küche weggenommen, da ist Brot genug, und du bist gewiss hungrig! – Es ist ganz unmöglich, dass du ins Schloss hineinkommst, du bist ja barfuß; die Garde in Silber und die Lakaien in Gold würden es nicht erlauben; aber weine nicht, du sollst schon hinkommen. Meine Braut weiß eine kleine Hintertreppe, die nach dem Schlafgemach führt, und sie weiß, wo sie den Schlüssel bekommen kann.«

Und sie gingen in den Garten hinein, in die große Allee, wo ein Blatt nach dem andern abfiel; und als im Schloss die Lichter ausgelöscht wurden eins nach dem andern, führte die Krähe die kleine Gerda an eine Hintertür, die angelehnt war.

Oh, wie Gerdas Herz vor Angst und Sehnsucht pochte! Es war gerade so, als ob sie etwas Böses tun wollte, und sie wollte ja doch nur wissen, ob es der kleine Kay wäre: Ja, er musste es sein; sie dachte so lebhaft an seine klugen Augen, sein langes Haar; sie konnte ordentlich sehen, wie er lächelte so wie damals, als sie daheim unter den Rosen saßen. Er würde sich gewiss freuen, wenn er sie sah und hörte, was für einen langen Weg sie um seinetwillen gegangen war, wenn er erfuhr, wie betrübt sie alle daheim gewesen waren, als er nicht wiederkam. Oh, das war eine Angst und eine Freude!

Nun waren sie auf der Treppe, da brannte eine kleine Lampe auf einem Schrank; mitten auf dem Fußboden stand die zahme Krähe und drehte den Kopf nach allen Seiten und betrachtete Gerda, die einen Knicks machte, so wie die Großmutter es sie gelehrt hatte.

»Mein Verlobter hat mir so viel Gutes von Ihnen erzählt, mein liebes, kleines Fräulein«, sagte die zahme Krähe. »Ihre Vita, wie man es nennt, ist auch sehr rührend! – Wollen Sie die Lampe nehmen, dann will ich vorangehen. Wir gehen hier geradeaus, denn da treffen wir niemand.«

»Mir deucht, da kommt jemand dicht hinter uns her«, sagte Gerda, und es sauste an ihr vorüber; es war, als wenn Schatten an der Wand entlangglitten, Pferde mit flatternden Mähnen und dünnen Beinen, Jägerburschen, Herren und Damen zu Pferd.

»Das sind nur Träume!«, sagte die Krähe, »die kommen und holen die Gedanken der hohen Herrschaft zur Jagd ab, das ist gut, denn dann können Sie sie besser im Bett betrachten. Aber eins erwarte ich von Ihnen, wenn Sie zu Ehren und Würden gelangen, müssen Sie ein dankbares Herz zeigen.«

»Das ist doch ganz selbstverständlich!«, sagte die Krähe aus dem Walde.

Nun kamen sie in den ersten Saal hinein, der war aus rosenrotem Atlas mit künstlichen Blumen an den Wänden; hier sausten schon die Träume an ihnen vorüber, aber sie flogen so schnell, dass Gerda die hohen Herrschaften nicht zu sehen bekam. Ein Saal war immer prächtiger als der andere; ja, man konnte wohl staunen! Und nun waren sie im Schlafgemach. Die Decke hier drinnen glich einer großen Palme mit Blättern aus Glas, kostbarem Glas, und mitten im Zimmer hingen an einem dicken Stängel aus Gold zwei Betten, von denen jedes aussah wie eine Lilie: die eine war weiß, darin lag die Prinzessin; die andere war rot, und darin sollte Gerda den kleinen Kay suchen; sie bog eins der roten Blätter zurück, und da sah sie einen braunen Nacken. Ja, das war Kay! – Sie rief ganz laut seinen Namen, hielt die Lampe dicht an ihn heran – die Träume sausten zu Pferd wieder in die Stube herein – er erwachte, wandte den Kopf um, und – – es war nicht der kleine Kay.

Der Prinz sah ihm nur im Nacken ähnlich, aber jung und schön war er. Und aus dem weißen Lilienbett guckte die Prinzessin heraus und fragte, was da los sei. Da weinte die kleine Gerda und erzählte ihre Geschichte und alles, was die Krähen für sie getan hatten.

»Die arme Kleine!«, sagten der Prinz und die Prinzessin, und sie lobten die Krähen und sagten, sie seien gar nicht böse auf sie, aber sie sollten es doch lieber nicht wieder tun. Diesmal sollten sie eine Belohnung haben.

»Wollt ihr frei umherfliegen?«, fragte die Prinzessin, »oder wollt ihr eine feste Anstellung als Hofkrähen haben, mit allem, was in der Küche abfällt?«

Und beide Krähen machten einen tiefen Knicks und baten um feste Anstellung; denn sie dachten an ihr Alter und sagten: »Es ist so gut, etwas für den alten Mann zu haben!«, wie sie es nennen.

Und der Prinz stand aus seinem Bett auf und ließ Gerda darin schlafen, und mehr konnte er wirklich nicht tun. Sie faltete ihre kleinen Hände und dachte: »Wie gut doch die Menschen und die Tiere sind«, und dann schloss sie ihre Augen und schlief so herrlich. Alle Träume kamen wieder hereingeflogen, und sie sahen aus wie Engel Gottes, und sie zogen einen kleinen Schlitten, und darauf saß Kay und nickte ihr zu; aber das Ganze war nur ein Traum, und darum war es auch wieder verschwunden, sobald sie erwachte.

Am nächsten Tag wurde sie von Kopf bis zu Fuß in Samt und Seide gekleidet; ihr wurde angeboten, auf dem Schlosse zu bleiben und gute Tage zu haben, aber sie bat nur um einen kleinen Wagen mit einem Pferd davor und um ein Paar kleine Stiefel, dann wollte sie wieder in die weite Welt hinausfahren und Kay suchen.

Und sie bekam Stiefel und Muff; sie wurde aufs niedlichste gekleidet, und als sie weg wollte, hielt eine neue Kutsche aus purem Golde vor der Tür; das Wappen des Prinzen und der Prinzessin leuchtete wie ein Stern daran; Kutscher, Diener und Vorreiter, denn Vorreiter waren auch da, saßen mit goldenen Kronen da. Der Prinz und die Prinzessin halfen ihr selbst in den Wagen und wünschten ihr alles Glück. Die Waldkrähe, die nun verheiratet war, begleitete sie die ersten drei Meilen; sie saß neben ihr, denn sie konnte das Rückwärtsfahren nicht vertragen; die andere Krähe stand in der Haustür und schlug mit den Flügeln, sie kam nicht mit, denn sie litt an Kopfschmerzen, seit sie die feste Anstellung hatte und so viel zu essen bekam. Inwendig war die Kutsche mit Zuckerkringeln gefüttert, und im Sitz waren Früchte und Pfeffernüsse.

»Leb wohl! Leb wohl!«, riefen der Prinz und die Prinzessin, und die kleine Gerda weinte, und die Krähe weinte; – so ging es die ersten Meilen; dann sagte auch die Krähe Lebewohl, und das war der schwerste Abschied! Sie flog in einen Baum hinauf und schlug mit ihren schwarzen Flügeln, so lange sie den Wagen sehen konnte, der wie der helle Sonnenschein glänzte.

Fünfte Geschichte
Das kleine Räubermädchen

Sie fuhren durch den dunklen Wald, aber die Kutsche leuchtete wie eine Fackel; das stach den Räubern in die Augen, das konnten sie nicht ertragen.

»Das ist Gold! Das ist Gold!«, riefen sie, stürzten hervor, fielen den Pferden in den Zaum, schlugen die kleinen Jockeis, den Kutscher und den Diener tot und zogen die kleine Gerda aus dem Wagen.

»Sie ist fett, sie ist niedlich, sie ist mit Nusskernen gefüttert!«, sagte das alte Räuberweib, das einen langen, struppigen Bart hatte und Augenbrauen, die ihr über die Augen hinabhingen. »Ja, die ist so gut wie ein kleines fettes Lamm, ja, die soll schmecken!« Und dabei zog sie ihr blankes Messer heraus, und das blitzte, dass es grässlich war.

»Au!«, sagte die Alte auf einmal; ihre eigene kleine Tochter, die auf ihrem Rücken hing, so wild und unartig, dass es eine Lust war, hatte sie ins Ohr gebissen. »Du infamer Balg!«, sagte die Mutter und hatte keine Zeit, Gerda zu schlachten.

»Sie soll mit mir spielen!«, sagte das kleine Räubermädchen. »Sie soll mir ihren Muff und ihr schönes Kleid geben und soll bei mir im Bett schlafen!« Und dann biss sie mehrmals zu, so dass das Räuberweib in die Höhe sprang und sich rundherum drehte, und alle Räuber lachten und sagten: »Seht, wie sie mit ihrem Balg tanzt!«

»Ich will in die Kutsche hinein!«, sagte das kleine Räubermädchen und es wollte und musste seinen Willen haben, denn es war so verhätschelt und so eigensinnig. Es setzte sich neben Gerda in den Wagen, und dann fuhren sie über Stock und Stein immer tiefer in den Wald hinein. Das kleine Räubermädchen war so groß wie Gerda, aber kräftiger, breitschultriger und von dunklerer Haut. Die Augen waren ganz schwarz, sie sahen fast traurig aus. Sie schlang ihren Arm um die kleine Gerda und sagte: »Sie sollen dich nicht schlachten, solange ich nicht böse auf dich werde! Du bist wohl eine Prinzessin?«

»Nein«, sagte die kleine Gerda und erzählte ihr alles, was sie erlebt hatte und wie lieb sie den kleinen Kay hatte.

Das Räubermädchen sah sie ganz ernsthaft an, nickte ein klein wenig mit dem Kopf und sagte: »Sie sollen dich nicht schlachten, wenn ich auch böse auf dich werde; dann will ich es schon selbst tun!« Und dann trocknete sie Gerdas Augen und steckte die beiden Hände in den schönen Muff, der so weich und so warm war.

Nun hielt die Kutsche still; sie waren mitten auf dem Hofe einer alten Räuberburg, die war von oben bis unten geborsten, Raben und Krähen flogen aus den offenen Löchern heraus, und die großen Bullenbeißer, die so aussahen, als könne jeder einen Menschen verschlingen, sprangen hoch in die Höhe, aber sie bellten nicht, denn das war verboten.

In dem großen, alten, rußgeschwärzten Saal brannte mitten auf dem steinernen Fußboden ein großes Feuer;

der Rauch zog unter der Decke hin und musste sich selbst einen Ausweg suchen; ein großer Braukessel mit Suppe kochte und Hasen und Kaninchen wurden an Spießen gebraten.

»Du sollst über Nacht mit allen meinen kleinen Tieren hier bei mir schlafen!«, sagte das Räubermädchen. Sie bekamen zu essen und zu trinken und gingen dann in eine Ecke, wo Stroh und Teppiche lagen. Hoch oben über dem Lager saßen auf Latten und Stäben fast hundert Tauben, die alle zu schlafen schienen, sich aber ein klein wenig drehten, als die beiden kleinen Mädchen kamen.

»Sie gehören mir alle zusammen!«, sagte das kleine Räubermädchen und ergriff schnell eine der zunächst sitzenden, sie hielt sie an den Beinen und schüttelte sie, so dass sie mit den Flügeln schlug. »Küsse sie!«, rief sie und schlug Gerda mit dem Vogel ins Gesicht. »Da sitzen die Waldkanaillen!«, fuhr sie fort und zeigte hinter eine Anzahl von Stäben, die vor ein Loch hoch oben in der Mauer geschlagen waren. »Das sind Waldkanaillen, die beiden! Die fliegen weg, sobald man sie nicht ordentlich verschlossen hält; und hier steht mein alter geliebter Bä!« Und sie zog ein Rentier am Horn hervor, es hatte einen blanken Kupferring um den Hals und war angebunden. »Den müssen wir auch in der Klemme halten, sonst läuft er uns auch weg. Jeden Abend kitzle ich ihn mit meinem scharfen Messer am Halse, davor hat er solche Angst!« Und das kleine Mädchen zog ein langes Messer aus einem Spalt in der Mauer und ließ es über den Hals des Rentiers gleiten; das arme Tier schlug mit den Beinen hinten aus und das Räubermädchen lachte und zog dann Gerda mit sich in das Bett hinein.

»Willst du das Messer bei dir behalten, wenn du schläfst?«, fragte Gerda und sah ein wenig furchtsam danach hin.

»Ich schlafe immer mit einem Messer!«, sagte das kleine Räubermädchen. »Man weiß nie, was kommen kann. Aber erzähle mir jetzt noch einmal, was du vorher von dem kleinen Kay erzähltest, und warum du in die weite Welt hinausgegangen bist.« Und Gerda erzählte von vorne an, und die Waldtauben da oben im Bauer gurrten, die andern Tauben schliefen. Das kleine Räubermädchen schlang seinen Arm um Gerdas Hals, hielt das Messer in der andern Hand und schlief, so dass man es hören konnte; aber Gerda konnte ihre Augen gar nicht schließen, sie wusste nicht, ob sie leben oder sterben würde. Die Räuber saßen rings um das Feuer herum, sangen und tranken, und das Räuberweib schlug Purzelbäume. Oh, es war ganz grässlich für das kleine Mädchen, das mit anzusehen.

Da sagten die Waldtauben: »Gurre! Gurre! Wir haben den kleinen Kay gesehen. Ein weißes Huhn trug seinen Schlitten, er saß in der Schneekönigin Wagen, die dicht über dem Walde dahinflog, als wir in unserm Nest lagen; sie blies uns Jungen an, und außer uns beiden starben sie alle. Gurre! Gurre!«

»Was sagt ihr da oben?«, rief Gerda. »Wo reiste die Schneekönigin hin? Wisst ihr etwas davon?«

»Sie ist wohl nach Lappland gereist, denn da ist immer Schnee und Eis! Frage du nur das Rentier, das an dem Strick angebunden steht.«

»Da ist Eis und Schnee, da ist es schön und gut!«, sagte das Rentier; »da springt man frei umher in den großen, schimmernden Tälern! Da hat die Schneekönigin ihr Sommerzelt, aber ihr festes Schloss ist oben nach dem Nordpol zu auf einer Insel, die Spitzbergen heißt!«

»Ach Kay, lieber Kay!«, seufzte Gerda.

»Jetzt musst du ganz still liegen!«, sagte das Räubermädchen, »sonst jage ich dir das Messer in den Bauch!«

Am Morgen erzählte ihr Gerda alles, was die Waldtauben gesagt hatten, und das kleine Räubermädchen sah ganz ernsthaft aus, nickte aber mit dem Kopf und sagte: »Es hilft nichts! Es hilft nichts! – Weißt du, wo Lappland liegt?«, fragte sie das Rentier.

»Wer sollte das wohl besser wissen als ich«, sagte das Tier, und die Augen glänzten ihm im Kopf. »Da bin ich geboren und aufgewachsen, da bin ich auf den Schneefeldern herumgesprungen.«

»Höre einmal!«, sagte das Räubermädchen zu Gerda. »Du siehst, dass alle unsere Mannsleute weg sind, aber Mutter ist noch hier, und die bleibt; aber späterhin am Morgen trinkt sie aus der großen Flasche und macht darauf ein Schläfchen; dann will ich etwas für dich tun!« Sie sprang aus dem Bett heraus, fiel der Mutter um den Hals, zupfte sie am Bart und sagte: »Mein herzenssüßer Ziegenbock, guten Morgen!« Und die Mutter gab ihr einen Nasenstüber, so dass die Nase rot und blau wurde, aber das geschah alles aus lauter Liebe.

Als die Mutter dann aus ihrer Flasche getrunken hatte und ein kleines Schläfchen machte, ging das Räubermädchen zu dem Rentier und sagte: »Ich hätte wohl schrecklich Lust, dich noch manch liebes Mal mit dem scharfen Messer zu kitzeln, denn dann bist du so possierlich, aber es hilft nichts, ich will deine Schnur lösen und dir hinaushelfen, damit du nach Lappland laufen kannst, aber du darfst deine Beine nicht schonen und musst mir dies kleine Mädchen nach dem Schloss der Schneekönigin bringen, wo ihr Spielgefährte ist. Du hast wohl gehört, was sie erzählt hat, denn sie sprach laut genug, und du hast gehorcht!«

Das Rentier sprang hoch auf vor Freude. Das Räubermädchen hob die kleine Gerda hinauf und war so vorsichtig, sie festzubinden, ja sogar ein kleines Kissen gab sie ihr, auf dem sie sitzen sollte. »Es hilft nichts«, sagte sie, »da hast du deine Pelzstiefel wieder, denn es wird kalt, aber den Muff behalte ich, der ist zu niedlich! Aber frieren sollst du darum doch nicht. Hier hast du die großen Fausthandschuhe meiner Mutter, die reichen dir bis an die Ellbogen; krieche hinein! – Nun siehst du an den Händen geradeso aus wie meine gräuliche Mutter!«

Und Gerda weinte vor Freude.

»Ich kann es nicht leiden, dass du heulst!«, sagte das kleine Räubermädchen. »Jetzt solltest du doch gerade vergnügt aussehen! Und da hast du zwei Brote und einen Schinken, dann kannst du nicht hungern.« Beides wurde hinten auf das Rentier gebunden; das kleine Räubermädchen öffnete die Tür, lockte all die großen Hunde herein, und dann schnitt es den Strick mit seinem Messer durch und sagte zu dem Rentier: »Nun lauf, aber gib Acht auf das kleine Mädchen.«

Und Gerda streckte die Hände mit den großen Fausthandschuhen nach dem kleinen Räubermädchen aus und sagte Lebewohl, und dann flog das Rentier dahin über Stock und Stein, durch den großen Wald über Moore und

Steppen, so schnell es nur konnte. Die Wölfe heulten und die Raben krächzten. »Fut! Fut!«, sagte es am Himmel. Es war, als niese es rot.

»Das sind meine alten Nordlichter!«, sagte das Rentier, »sieh nur, wie sie leuchten!« Und dann lief es noch schneller von dannen Tag und Nacht; die Brote wurden verzehrt, der Schinken auch, und dann waren sie in Lappland.

Sechste Geschichte
Die Lappin und die Finnin

Bei einem kleinen Haus machten sie Halt; es war höchst jammervoll; das Dach ging bis an die Erde hinunter, und die Tür war so niedrig, dass die Familie auf dem Bauche kriechen musste, wenn sie heraus- oder hineinwollte. Es war niemand zu Hause außer einer alten Lappin, die dastand und bei einer Tranlampe Fisch kochte; und das Rentier erzählte Gerdas ganze Geschichte, zuerst aber seine eigene, denn die, fand es, war weit wichtiger, und Gerda war so mitgenommen von der Kälte, dass sie gar nicht sprechen konnte.

»Ach, ihr Ärmsten!«, sagte die Lappin, »da habt ihr noch weit zu laufen! Ihr müsst über hundert Meilen nach Finnmarken hinein, denn dort ist die Schneekönigin in der Sommerfrische und brennt jeden Abend bengalische Flammen ab. Ich will ein paar Worte auf einen gedörrten Stockfisch schreiben, Papier habe ich nicht, die will ich euch für die Finnin da oben mitgeben, die kann euch bessern Bescheid sagen als ich!«

Und als Gerda nun erwärmt war und zu essen und zu

trinken bekommen hatte, schrieb die Lappin ein paar Worte auf einen gedörrten Stockfisch, hieß Gerda, gut Acht darauf geben, band sie wieder auf das Rentier fest, und das sprang mit ihr davon. »Fut! Fut!«, sagte es oben in der Luft, die ganze Nacht brannten die schönsten blauen Nordlichter – und dann kamen sie nach Finnmarken und klopften an den Schornstein der Finnin an, denn die hatte nicht einmal eine Tür.

Es war eine solche Hitze da drinnen, dass die Finnin selbst fast ganz nackend ging; klein war sie und ganz schmutzig; sie löste der kleinen Gerda gleich die Kleider und zog ihr die Fausthandschuhe und die Stiefel aus, denn sonst wäre es ihr zu heiß geworden, legte dem Rentier ein Stück Eis auf den Kopf und las dann, was auf dem Stockfisch geschrieben stand; sie las es dreimal, und dann wusste sie es auswendig und warf den Fisch in den Kochtopf, denn er konnte ja gegessen werden, und sie ließ nichts umkommen.

Nun erzählte das Rentier erst seine Geschichte und dann die der kleinen Gerda und die Finnin blinzelte mit den klugen Augen, sagte aber nichts.

»Du bist so klug«, sagte das Rentier, »ich weiß, du kannst alle Winde der Welt mit einem Zwirnsfaden zusammenbinden; wenn der Schiffer den einen Knoten löst, bekommt er guten Wind, löst er den zweiten, so weht es scharf, und wenn er den dritten und vierten löst, da stürmt es, dass die Wälder umfallen. Willst du dem kleinen Mädchen nicht einen Trunk geben, dass sie Zwölf-Männer-Kraft erhält und die Schneekönigin überwindet?«

»Zwölf-Männer-Kraft?«, sagte die Finnin. »Ja, was

würde das wohl nützen!« Und dann ging sie an ein Bord, nahm ein großes, zusammengerolltes Fell herunter und rollte es auseinander; es waren wunderliche Buchstaben darauf geschrieben, und die Finnin las, so dass ihr das Wasser von der Stirn herabtroff.

Aber das Rentier bat wieder so sehr für die kleine Gerda, und Gerda sah die Finnin mit so flehenden Augen voller Tränen an, dass diese wieder mit den ihren zu blinzeln begann und das Rentier in eine Ecke zog, wo sie ihm etwas zuflüsterte, während es frisches Eis auf den Kopf bekam:

»Der kleine Kay ist allerdings bei der Schneekönigin und findet dort alles nach Gefallen und Wunsch und glaubt, dass es der beste Ort der Welt ist, aber das kommt daher, weil er einen kleinen Glassplitter ins Herz und ein Glaskörnchen ins Auge bekommen hat; die müssen erst heraus, sonst wird er nie wieder ein Mensch, und die Schneekönigin wird die Gewalt über ihn behalten.«

»Aber kannst du der kleinen Gerda nicht etwas eingeben, damit sie die Macht über alles bekommt?«

»Ich kann ihr keine größere Macht verleihen, als sie schon hat! Siehst du denn nicht, wie groß die ist? Siehst du nicht, wie Menschen und Tiere ihr dienen müssen, wie sie auf nackten Füßen so gut durch die Welt gekommen ist? Sie braucht uns ihre Macht nicht zu zeigen, die sitzt in ihrem Herzen, die hat ihren Ursprung darin, dass sie ein liebes, unschuldiges Kind ist. Kann sie nicht selbst zur Schneekönigin hineinkommen und den kleinen Kay von den Glassplittern befreien, so können wir nicht helfen! Zwei Meilen von hier entfernt beginnt der Garten der Schneekönigin, dahin kannst du das kleine Mädchen tragen; setze sie bei dem großen Busch ab, der voll roter Beeren mitten im Schnee steht, halte keinen langen Gevatterklatsch ab, sondern spute dich, dass du hierher zurückkommst!« Und dann hob die Finnin die kleine Gerda auf den Rücken des Rentiers, und das lief, so schnell es konnte.

»Ach, ich habe meine Stiefel nicht mitbekommen, ich habe meine Fausthandschuhe nicht an!«, rief die kleine Gerda; das merkte sie an der schneidenden Kälte, aber das Rentier wagte nicht stillzustehen, es lief, bis es an den großen Busch mit den roten Beeren kam; da setzte es Gerda ab, küsste sie auf den Mund, und an den Wangen des Tieres liefen große, blanke Tränen herab, und dann lief es zurück so schnell, wie seine Füße es tragen wollten. Da stand nun die kleine Gerda ohne Schuhe, ohne Handschuhe mitten in dem fürchterlich eiskalten Finnmarken.

Sie lief, so schnell sie konnte; da kam ein ganzes Regiment Schneeflocken; aber die fielen nicht vom Himmel herab, der war ganz klar und schimmernd von den Nordlichtern; die Schneeflocken liefen gerade über die Erde hin, und je näher sie kamen, umso größer wurden sie. Gerda erinnerte sich noch, wie groß und künstlich die Schneeflocken damals ausgesehen hatten, als sie sie durch das Brennglas sah, aber hier waren sie noch weit größer und fürchterlicher, sie waren lebend, sie bildeten die Vorposten der Schneekönigin; sie hatten die wunderlichsten Gestalten; einige sahen aus wie hässliche, große Stachelschweine, andere wie ganze Knoten aus Schlangen, die die Köpfe hervorstreckten, und wieder andere wie kleine, dicke Bären, deren Haare sich sträubten, alle waren schimmernd weiß, alle waren lebendige Schneeflocken.

Da betete die kleine Gerda ihr Vaterunser und die Kälte war so groß, dass sie ihren eigenen Atem sehen konnte, wie Rauch strömte er ihr aus dem Munde; der Atem wurde dichter und dichter, und er gestaltete sich zu kleinen, hellen Engeln, die mehr und mehr wuchsen, je näher sie der Erde kamen; und alle hatten die Helme auf dem Kopfe und Spieße und Schilde in den Händen; es wurden immer mehr, und als Gerda ihr Vaterunser beendet hatte, stand eine ganze Legion um sie herum; sie hieben mit ihren Spießen nach den abscheulichen Schneeflocken, so dass sie in hundert Stücke zersprangen, und die kleine Gerda schritt ganz sicher und unverzagt von dannen. Die Engel streichelten ihre Füße und ihre Hände, und da fühlte sie gar nicht, wie kalt es war, und schnell ging sie auf das Schloss der Schneekönigin zu.

Aber nun wollen wir erst sehen, wie es Kay erging. Er dachte freilich nicht mehr an die kleine Gerda und am allerwenigsten daran, dass sie draußen vor dem Schlosse stand.

Siebente Geschichte
Was im Schlosse der Schneekönigin geschah, und was sich dort später zutrug

Die Wände des Schlosses waren aus treibendem Schnee und die Fenster und Türen aus den schneidenden Winden; da waren über hundert Säle, je nachdem der Schnee stob; der größte erstreckte sich viele Meilen lang, das stärkste Nordlicht erleuchtete sie alle, und sie waren so groß, so leer, so eisig kalt und so glitzernd. Niemals herrschte hier Frohsinn, nicht einmal ein kleiner Bärenball fand hier statt, zu dem der Sturm hätte aufblasen und wo die Eisbären hätten auf den Hinterbeinen gehen und feine Manieren zeigen können; nie war da eine kleine Spielgesellschaft mit Maulklapp und Tatzenschlag, nie ein klein wenig Kaffeeklatsch von den weißen Fuchsdamen; leer, groß und kalt war es in den Sälen der Schneekönigin. Die Nordlichter flammten so präzise, dass man zählen konnte, wann sie sich auf dem Höhepunkt befanden und wann sie am niedrigsten standen.

Mitten drinnen in dem leeren, unendlichen Schneesaal lag ein gefrorener See, der war in tausend Stücke zersprungen, aber jedes Stück war genau wie das andere, es war ein förmliches Kunststück; und mitten auf diesem See saß die Schneekönigin, wenn sie zu Hause war, und dann sagte sie, dass sie im Spiegel des Verstandes sitze, und das sei das Einzige und das Beste auf dieser Welt.

Der kleine Kay war ganz blau vor Kälte, ja fast schwarz war er, aber er merkte es gar nicht, denn sie hatte ihm ja die Frostschauer weggeküsst, und sein Herz war so gut wie ein Eisklumpen. Er schleppte einige flache, scharfe Eisstücke hin und her, die er auf alle mögliche Weise zusammenlegte, denn er wollte etwas da herausbringen, geradeso, als wenn wir kleine Holzplatten haben und diese zu Figuren zusammenlegen, was das chinesische Spiel heißt. Auch Kay legte Figuren, die allerkünstlichsten, es war das Eisspiel des Verstandes; in seinen Augen waren die Figuren ganz ausgezeichnet und von allerhöchster Wichtigkeit; das machte das Glaskorn, das ihm im Auge saß! Er legte ganze Figuren, die ein geschriebenes Wort bildeten, nie aber konnte er das Wort herausbringen, was er gerade legen wollte, das Wort: Ewigkeit; und die Schneekönigin hatte gefragt: »Kannst du mir die Figur ausfindig machen, dann sollst du dein eigner Herr sein, und ich schenke dir die ganze Welt und ein Paar neue Schlittschuhe.« Aber er konnte es nicht.

»Nun sause ich fort nach den warmen Ländern!«, sagte die Schneekönigin, »ich will da einmal in die schwarzen Kochtöpfe hineinsehen!« – Das waren die Feuer speienden Berge Ätna und Vesuv, wie man sie nennt. – »Ich werde sie ein wenig weiß machen! Das gehört mit dazu, das tut gut nach all den Zitronen und Weintrauben!« Und dann flog die Schneekönigin davon, und Kay saß ganz allein in dem meilengroßen Eissaal und sah die Eisstücke an und dachte und dachte, so dass es in ihm knackte; ganz steif und still saß er da, man hätte glauben können, er sei erfroren.

Da geschah es, dass die kleine Gerda durch das große Tor in das Schloss hineintrat; dort wehten schneidende Winde, aber sie betete ein Abendgebet, und da legten die Winde sich, als wollten sie schlafen, und sie trat in die großen, leeren, kalten Säle ein. Da sah sie Kay, sie erkannte ihn, sie flog ihm um den Hals, hielt ihn ganz fest und rief: »Kay! Lieber, süßer Kay! So habe ich dich denn endlich gefunden!«

Aber er saß ganz still, steif und kalt da. – Da weinte die kleine Gerda heiße Tränen, die fielen auf seine Brust, die drangen in sein Herz hinein, sie tauten den Eisklumpen auf und verzehrten den kleinen Spiegelsplitter da drinnen; er sah sie an, und sie sang das Lied.

»Im Tal blühen die Rosen so schön;
Wir werden das Christkindlein sehn!«

Da brach Kay in Tränen aus, und das Spiegelkörnchen floss ihm aus den Augen heraus, er erkannte sie wieder und jubelte: »Gerda! Liebe, kleine Gerda! – Wo bist du denn so lange gewesen? Und wo bin ich nur gewesen?« Und er sah sich ringsumher um. »Wie kalt ist es hier! Wie groß und leer ist es hier!« Und er klammerte sich an Gerda fest, und sie lachte und weinte vor Freude; das war so herrlich, dass selbst die Eisstücke vor Freude rundherum tanzten; und als sie müde waren und sich hinlegten, bildeten sie gerade die Buchstaben, von denen die Schneekönigin gesagt hatte, dass, wenn er sie fände, er sein eigner Herr sein sollte und dass sie ihm die ganze Welt und ein Paar neue Schlittschuhe schenken wollte.

Und Gerda küsste seine Wangen, und sie wurden blühend; sie küsste seine Augen, und sie leuchteten wie die ihren, sie küsste seine Hände und Füße, und sie wurden gesund und stark. Die Schneekönigin konnte jetzt getrost nach Hause kommen, sein Freibrief stand da mit schimmernden Eisstücken geschrieben.

Und sie fassten einander bei den Händen und wanderten aus dem großen Schloss hinaus, sie sprachen von der Großmutter und von den Rosen oben auf dem Dach; und wo sie gingen, legten sich die Winde ganz still zur Ruhe, und die Sonne brach hervor; und als sie an den Busch mit den roten Beeren kamen, stand das Rentier da und wartete; es hatte ein anderes junges Rentier bei sich, dessen Euter voll waren, und das gab den Kindern seine warme Milch und küsste sie auf den Mund. Dann trugen sie Gerda und Kay zuerst zu der Finnin, wo sie sich in der heißen Stube erwärmten und Bescheid über die Heimreise erhielten und dann zu der Lappin, die ihnen neue Kleider genäht und ihren Schlitten instand gesetzt hatte.

Und das Rentier und das Junge sprangen neben dem Schlitten her und gaben ihnen das Geleite bis an die Grenze des Landes; dort lugte das erste Grün hervor; da nahmen sie Abschied von dem Rentier und auch von der Lappin. »Lebt wohl!«, sagten sie alle. Und die ersten kleinen Vögel fingen an zu zwitschern, der Wald hatte grüne Knospen, und daraus herausgeritten kam auf einem prächtigen Pferde, das Gerda kannte – es war vor die goldene Kutsche gespannt gewesen –, ein junges Mädchen mit einer leuchtend roten Mütze auf dem Kopf und mit Pistolen im Halfter; es war das kleine Räubermädchen, das es satt hatte, zu Hause zu sein, und nun erst nach dem Norden wollte und dann nach einer andern Richtung, falls es ihr da nicht gefiel. Sie erkannte Gerda sogleich, und Gerda erkannte sie, das war eine Freude.

»Du bist ein netter Junge, dass du dich so herumtreibst!«, sagte sie zu dem kleinen Kay; »ich möchte wohl wissen, ob du es verdienst, dass man um deinetwillen bis ans Ende der Welt läuft!«

Aber Gerda streichelte ihr die Wange und fragte nach dem Prinzen und der Prinzessin.

»Die sind in fremde Länder gereist!«, sagte das Räubermädchen.

»Aber die Krähe?«, fragte die kleine Gerda.

»Ja, die Krähe, die ist tot!«, antwortete sie. »Die zahme Braut ist Witwe geworden und geht mit einem Ende schwarzer Wolle um das Bein; sie klagt ganz jämmerlich, und das Ganze ist ein großes Gefasel! – Aber erzähle du mir jetzt, wie es dir ergangen ist und wie du ihn gekriegt hast!«

Und Gerda und Kay erzählten beide.

»Und schnipp – schnapp, schnurre – basselurre!«, sagte das Räubermädchen, fasste sie beide bei den Händen und versprach, dass, wenn sie einmal durch ihre Stadt käme, sie hinaufkommen und sie besuchen wolle, und dann tritt sie in die weite Welt hinaus; aber Kay und Gerda gingen Hand in Hand, und wie sie so gingen, war es herrlicher Frühling mit Blumen und Grün; die Kirchenglocken läuteten, und sie erkannten die hohen Türme, die große Stadt, es war die, in der sie wohnten, und sie gingen in die Stadt hinein und bis an Großmutters Tür und die Treppe hinauf in die Stube hinein, wo alles auf demselben Fleck wie früher stand, und die Uhr sagte: Tick! Tack! und die Zeiger drehten sich; aber als sie durch die Tür gingen, merkten sie, dass sie erwachsene Menschen geworden waren. Die Rosen in der Dachrinne blühten zu den geöffneten Fenstern herein, und da standen die kleinen Kinderstühle, und Kay und Gerda setzten sich jedes auf den seinen und fassten sich bei den Händen; die kalte, leere Herrlichkeit bei der Schneekönigin hatten sie wie einen bösen Traum vergessen. Die Großmutter saß in Gottes hellem Sonnenschein und las aus der Bibel vor: »Wenn ihr nicht werdet wie die Kindlein, so werdet ihr das Reich Gottes nicht ererben!«

Und Kay und Gerda sahen sich in die Augen, und sie verstanden auf einmal den alten Gesang:

»Im Tal blühen die Rosen so schön,
Wir werden das Christkindlein sehn!«

Da saßen sie beide, erwachsen und doch Kinder, Kinder im Herzen, und es war Sommer, warmer, herrlicher Sommer.

Quellennachweise

Für die vorliegende Ausgabe der *Weihnachts- und Wintermärchen* von Hans Christian Andersen wurden folgende Übersetzungen verwendet. Die Übersetzungen wurden durchgesehen und gegebenenfalls ergänzt bzw. korrigiert, die Orthographie vereinheitlicht.

H. C. Andersen, *Gesammelte Werke*. Vom Verfasser selbst besorgte Ausgabe, Leipzig 1847. Verlag von Carl B. Lorck.
Fünfundzwanzigster Band, Gedichte.
Morten Lange. Eine Weihnachtsgeschichte
Der Weihnachtsabend
Die Schneekönigin

Hans Christian Andersen, *Märchen*. In zwei Bänden. Unter Benutzung der von Andersen selbst besorgten deutschen Ausgabe neu übersetzt von Mathilde Mann, Leipzig 1909. Insel Verlag.
Das kleine Mädchen mit den Schwefelhölzern
Der letzte Traum der alten Eiche. Ein Weihnachtsmärchen
Der Schneemann
Der Tannenbaum
Die Schneekönigin. Ein Märchen in sieben Geschichten
Zwölf mit der Post

Hans Christian Andersen, *Märchen*. Mit Illustrationen von Vilhelm Pedersen und Lorenz Frølich. Aus dem Dänischen von Eva-Maria Blühm, Frankfurt 1975. Insel Verlag (it 133).
Das Schneeglöckchen

Hans Christian Andersen, *Spaziergang in der Sylvesternacht*. Aus dem Dänischen von Anni Carlsson. Mit Zeichnungen von Gunter Böhmer. Frankfurt 1988. Insel Verlag (it 1130).
Meine Neujahrswünsche für das ganze Leben

O. Z. Original-Roman von H. C. Andersen. Nach der dritten Auflage aus dem Dänischen von H. Denhardt, Leipzig 1878. Verlag von Philipp Reclam jun.

Die Weihnachtslotterie (Überschrift des Romanauszugs vom Herausgeber)

»Weihnachtszeit«
Anthologien im insel taschenbuch

Alle Jahre wieder. Ein Weihnachtsbuch. it 1362. 447 Seiten

Fröhlicher Advent. Geschichten, Gedichte, Lieder und Bilder. Herausgegeben von Franz-Heinrich Hackel it 2356. 242 Seiten

Geschichten vom Nikolaus. Gesammelt von Felix Karlinger. it 1769. 146 Seiten

Märchen zur Weihnacht. Ein Hausbuch für groß und klein. Herausgegeben von Franz-Heinrich Hackel. it 1649 292 Seiten

Die schönsten Weihnachtsgedichte. Herausgegeben von Gesine Dammel. it 2580. 128 Seiten

Weihnachten. Erzählungen aus alter und neuer Zeit. Ausgewählt von Gottfried Natalis. Mit zahlreichen Abbildungen und Initialen. it 946. 463 Seiten

Weihnachten, wie es war. Alte Erzählungen und Bilder. Ausgewählt von Gottfried Natalis. Mit farbigen Abbildungen. it 2352. 282 Seiten

Weihnachtserzählungen des 20. Jahrhunderts. Ausgewählt von Gottfried Natalis. it 1648. 218 Seiten

Das Weihnachtsbuch. Mit alten und neuen Geschichten. Ausgewählt von Elisabeth Borchers. it 46. 297 Seiten

NF 21/1/4.00